〔日〕芥川龙之介 —— 著　　王晗 —— 译

中国游记

民主与建设出版社

·北京·

© 民主与建设出版社，2023

图书在版编目（CIP）数据

中国游记 /（日）芥川龙之介著；王晗译. -- 北京：民主与建设出版社，2023.4（2025.5 重印）

ISBN 978-7-5139-4166-2

Ⅰ.①中… Ⅱ.①芥… ②王… Ⅲ.①游记—作品集—日本—现代 Ⅳ.① I313.65

中国国家版本馆 CIP 数据核字（2023）第 063203 号

中国游记
ZHONGGUO YOUJI

著　者	〔日〕芥川龙之介
译　者	王　晗
责任编辑	彭　现
封面设计	侯茗轩
出版发行	民主与建设出版社有限责任公司
电　话	（010）59417749　59419778
社　址	北京市朝阳区宏泰东街远洋万和南区伍号公馆 4 层
邮　编	100102
印　刷	天宇万达印刷有限公司
版　次	2023 年 4 月第 1 版
印　次	2025 年 5 月第 2 次印刷
开　本	787mm × 1092mm　1/32
印　张	8
字　数	100 千字
书　号	ISBN 978-7-5139-4166-2
定　价	42.00 元

注：如有印、装质量问题，请与出版社联系。

中国游记

〔日〕芥川龙之介——著

王晗——译

前言

　　1921年3月，29岁的芥川龙之介以记者的身份，来到中国访问。此次旅行历时4个月，芥川遍游南北，从上海、长沙，到洛阳、北京等地，回国后，他写成了这部半自传半随笔性质的《中国游记》。

　　芥川龙之介是日本大正时期的著名作家，1892年生于东京，本姓新原。他以短篇小说闻名，其作品具有很高的思想性和艺术感染力。同时，他自幼浸淫中日文学，熟读中国古代典籍，热爱中国文化。

　　访问中国，是芥川的多年夙愿。1921年访华，是芥川人生的重要节点。然而，芥川性格敏感，常常深陷病痛之中。1927年，年仅35岁的他离开了人世，被后世誉为"鬼才作家"。他一生创作了一百多篇小说，以及多篇随笔、评论、游记等。后来，以他名字设立的"芥川奖"，已成为日本纯文学的代表奖项。

　　在《中国游记》中，芥川对20世纪20年代初期中国的世风民情进行了记录。此外，书中还留下了他拜访章炳麟、郑孝胥、辜鸿铭、李人杰等中国近代历史名人的谈话记录，我们可以从中一探百年前中国的风貌。

自序

　　《中国游记》一书，是上天恩赐于我的（或者说是降灾于我的）journalist才能的产物。我受大阪每日新闻报社之托，在大正十年（1921年）三月下旬至七月上旬的一百二十余天内，游历了上海、南京、九江、汉口、长沙、洛阳、北京、大同、天津等地。回日本之后，我一日一篇撰写了《上海游记》和《江南游记》。而《长江游记》是继《江南游记》之后一日一篇而未能完成的半成品。《北京日记抄》不是一日写成的，我印象中好像花了两天时间。《杂信一束》收录了我写在明信片上的内容。但毫无疑问，我的记者才能如闪电一般——至少看起来像闪电一般，闪耀在这些文字里了。

大正十四年（1925年）十月

芥川龙之介

目录

 上海游记

 江南游记

长江游记

北京日记抄

杂信一束

上海游记

海上

　　将要从东京启程的那天，长野草风氏来与我话别。原来，长野氏也打算半个月后去中国旅行。当时，长野氏热心地向我推荐了一种治晕船的妙药。可我想，从门司①上船，不需两日便可抵达上海，顶多不过两天两夜的航行，还要带上晕船药，长野氏的胆小由此可见一斑。三月二十一日下午，当我登上筑后号的舷梯，望着风雨中微微涌起波浪的港口，不禁再次同情起我们这位怕海的长野草风大画家来。

　　然而，不听老友的劝告终究是要吃亏的。船刚行至玄海②，眼看着海上开始波涛汹涌起来。我与同一船舱的马杉君坐在最高层甲板的藤椅上，海浪撞击舷侧溅起

---

① 门司：位于日本福冈县北九州市东端的港湾。——译者注，后文如无特殊说明，皆为译者注。

② 玄海：位于日本福冈县北部。

的水沫，不时会落到我们头上。海面已是白浪滔天，海浪如沸水般翻腾，轰轰作响。远处有一岛屿的影子若隐若现，原来那是九州本土。只见惯于坐船的马杉君点起卷烟，吞云吐雾，悠然自得，面不改色。而我则竖起外套的衣领、双手插进口袋，嘴里不时含着几颗人丹。总之，我深深地佩服起长野氏，上船前准备晕船药，实属明智之举。

不久，身旁的马杉君不见了踪影，不知是去了酒吧还是别处。我仍悠闲地坐在藤椅上。虽说是摆出一副悠闲的神情，脑海中却掠过一丝不安。只要我稍微挪动一下身子，便会感到头晕目眩，并且胃里也开始翻江倒海。在我面前，有一名船员不断地在甲板上走来走去（后来才知道，原来他也是饱受晕船之苦的可怜人）。他那令人眼花缭乱的走动动作，让我感到异常不快。远处的海浪中，一艘船身几乎快要被浪涛淹没的拖网渔船，冒着细烟艰难前行着。到底有何必要，非要冒着如此大的风险在这巨浪中航行？这艘船也着实让我恼火。

因此，我尽力去想一些令人愉快的事以忘却眼前的痛苦。孩子、花草、涡福钵①、日本阿尔卑斯、名妓初代……之后还想了些什么记不起来了。对了，还想到了瓦格纳年轻时，在乘船去英国的途中遇到了暴风雨，这段经历为他日后写《漂泊的荷兰人》提供了巨大帮助。想着想着，却越发感到头昏脑涨，恶心想吐的症状也丝毫没有得到缓解。到最后我只想着，什么瓦格纳之类的，见鬼去吧！

大约十分钟之后，躺在床上的我，耳中传来了餐桌上的餐盘刀叉滚落到地板上的声音。而在如此剧烈的摇晃中，我仍强忍着不让自己吐出来。在这种时候还能有这样的勇气，是因为我以为晕船的只有我一个人。没想到虚荣心这种东西，在此时竟意外地成了代替武士道的精神支柱。

结果第二天早上起来一看，起码在头等舱里，除了一位美国人，所有乘客都因为晕船而没有去餐厅吃饭。不仅如此，听说那位美国人在饭后还独自去船上的客厅里打了会儿字。听到这话，我的心情顿时豁然开朗，同

---

① 涡福钵：陶器。"涡福"为日本江户时期著名陶艺家酒井田柿右卫门的铭印。

时觉得，那位美国人可真是个怪物。说实在的，遇到如此恶劣的暴风雨还能泰然自若，此人绝非凡夫俗子。如果给那位美国人做个体检，说不定会发现一些令人意外的事实，比如他有三十九颗牙齿，或者他长着小尾巴之类的。我照旧与马杉君坐在甲板的藤椅上，漫无目的地浮想联翩。而今天的大海风平浪静、一碧万顷，仿佛昨日的惊涛骇浪全然没有发生过一样。在右舷前方，依稀可见济州岛的影子横卧在海面上。

第一瞥（上）

刚一出码头，几十个黄包车夫便将我们团团围住了。"我们"指的是大阪每日新闻社的村田君、友住君、国际通讯社的琼斯君和我，一共四个人。原本"车夫"这个词，给日本人的印象绝不是邋遢的，反倒是他们那种干劲十足的精神头儿，颇有一种江户时代的气质。而中国的车夫却全然不同。他们从前后左右簇拥着我们，一个个伸长了脖子大声叫喊着，吓坏了刚上岸的日本妇人。就连我自己，在被他们其中一人扯住袖子时，也不由自主地躲到身材高大的琼斯君身后去了。

我们冲破了黄包车夫们的重围，终于坐上了马车。然而马车才刚启动，那马就冒失地撞上了街角的砖墙。年轻的中国车夫十分生气，提起鞭子狠狠地抽打那匹马。那马的鼻子还顶着砖墙，撅着屁股一个劲儿地蹬着后腿。马车快要翻倒，马路上立刻聚集起一群围观的人。看来，在上海，若不是抱着决心，是不敢轻易坐马车的。

不久，马车再次启动，去往架着铁桥的河边。河面上密密麻麻停满了驳船①，几乎看不见河水。河边有几辆绿色的电车平缓驶过。放眼望去，建筑物都是三四层的红砖房。在柏油大道上，西洋人和中国人一个个行色匆匆，飞快地朝前走去。但是，这来自世界各国的民众，只要戴着红头巾的印度巡警一指挥，便立刻为马车让出路来。刚刚被勇猛的车夫和马车吓得惊慌的我，目睹此番明朗的景象，心情也逐渐愉悦起来。

最终，马车停在了一家叫"东亚洋行"的旅馆前面，这是金玉均②被暗杀的地方。村田君先下了车，给了车夫几文钱。但是车夫嫌给的不够，迟迟不愿将手收回去。不仅如此，他嘴里还喋喋不休地说着些什么。村田君装作听不懂的样子，大步流星地向大门走去。琼斯、友住二人，似乎也没将车夫的辩解放在心上。在这

---

① 驳船：在港湾或河川运送货物的宽体木制驳船。用拖船拖航。

② 金玉均（1851—1894）：朝鲜李朝末期的政治家，以改革朝鲜为目标，于1884年发动政变（甲申事变），失败后逃亡日本。1894年在上海被暗杀。

一瞬间，我觉得这个中国人有点可怜。不过，这可能是上海流行的做派吧，于是我紧随村田君进了旅馆的大门。回头一看，那车夫像是什么事都没有发生过一样坐在驾驶座上休息。既然如此，刚才又何必那样大声吵嚷呢。

一进门，我们立刻被领到一间灯光昏暗，但是装修华丽的会客厅里。我算是明白了，在这种地方，即便不是金玉均，也有可能被不知从哪儿来的子弹击中。——我正这么暗自想着，身着西服、脚踩拖鞋的老板昂首挺胸地急匆匆走了进来。听村田君说，安排我住在这间旅馆，是大阪每日新闻社泽村君的主意。然而这位精悍的老板，估计想着，要是让芥川龙之介住在这里，万一被暗杀了，那可就得不偿失了，于是便说只剩正门前一间空房了。我们走到那间房里一看，不知为何有两张床，墙壁被炭熏得漆黑，窗帘破旧不堪，连把像样的椅子都没有。总而言之，除了金玉均的幽灵，恐怕没人能安心住在这里吧。因此，虽说是辜负了泽村君的好意，我与其他三人商量，还是移步到离此处不远的万岁馆。

第一瞥（中）

当晚，我与琼斯君一起到一家名为"Shepherd
（牧羊人）"的餐厅吃饭。这儿的墙壁也好、餐桌也
好，看着都让人很舒心。服务员清一色的全是中国人，
可在这儿用餐的客人中，却看不到一张东方面孔。菜品
的味道，比起船上的料理，至少要高出三成。我面对着
琼斯君，能说上几句"yes""no"的简单英语，心情
越发愉悦起来。

琼斯君悠闲地吃着南京米做的咖喱饭，与我讲了
许多我们分别之后的事。其中有这么一件事。有一天晚
上，琼斯君——把他称为"君"，总有点生疏之感。他
是英国人，在日本前前后后住了五年。在这五年间，我
与他关系一直很亲密（虽说我曾与他吵过一次架）。我
们一起站着看过歌舞伎，一起去镰仓游过泳，一起彻夜在

上野的饭馆里喝到杯盘狼藉。那时，他穿着久米正雄①唯一一件上好的和服，突然跳进了那儿的池塘里。把他尊称为"君"，可真是对不起他。顺带再说明一下，我们之所以能成为密友，不是因为我英语好，而是因为他日语讲得好。——言归正传，有一天晚上，琼斯君一个人去酒吧喝酒，整家店只有一个日本女服务员，坐在椅子上发呆。他平日里有句口头禅：中国是他的hobby，日本是他的passion。特别是当时他刚到上海，对日本一定格外怀念。他立马用日语与那位服务员搭话。"你是什么时候来上海的？""我昨天刚来的。""那你想回日本吗？"被他这么一问，女服务员突然流下了眼泪，说道："我真想回去啊！"琼斯用英语讲这段故事，但是其间不断用日语重复着这句"我真想回去啊！"，然后他默默地笑起来，说："我当时听她这么说时，也awfully sentimental（异常伤感）起来。"

---

① 久米正雄（1891—1952）：作家，与芥川从高中、大学时代起一直是好友。

用餐完毕，我们一起在热闹的四马路①上散步。然后去了一家叫"巴黎人"的咖啡厅看别人跳舞。

舞厅很宽敞。灯光随着管弦乐的声音，一会儿变红、一会儿变绿，让人有一种梦回浅草之感。但是，说到这管弦乐演奏水平之高超，到底是浅草比不了的。这儿虽说是上海，可舞厅不愧是洋人开的。

我们在墙角的桌边坐下，一边品尝着茴香酒②，一边欣赏着身着红装的菲律宾少女和身着西服的美国青年欢快的舞蹈。记得是在惠特曼③还是谁的诗里，有这样一句话：年轻的男女固然美丽，但是上了年纪的男女也别有一番韵味。当一对肥胖的英国老年夫妇舞到我面前时，我想起了这句诗。当我把这些想法告诉琼斯时，他却只对我的咏叹付之一笑。他说，当他看到这对老年夫妇跳舞时，总有一种想笑的冲动，而这无关他们的胖瘦。

---

① 四马路：今上海福州路。旧时代那儿集中了中华书局、商务印书馆、开明书店、时报、华美报馆等一些新闻出版业，因此有许多文化名人。

② 茴香酒：anisette（法语）。以大茴香为原料，勾兑香味并加糖的一种无色透明利口酒。

③ 惠特曼：沃尔特·惠特曼（1819—1892），美国著名诗人，代表作品是诗集《草叶集》。

第一瞥（下）

从"巴黎人"咖啡厅里出来，宽阔的马路上已经行人稀少。拿出手表一看，还不到十一点，上海这座城市，竟意外地睡得早。

然而，几个黄包车夫还在街上徘徊着拉客。他们看到我们，是一定要过来搭话的。我早上从村田那里学了句中国话"不要"，不要当然是不需要的意思。于是，我只要一看到黄包车夫，便像念着驱魔咒语般，嘴里连连说着"不要不要"。这是从我口中说出的第一句中文，值得纪念。我是如何欣欣然地向车夫抛出这句话的，不晓其中快意的读者，一定没有学过外语。

我们在安静的马路上行走，脚步声回荡在四周。道路两旁，常有三四层的楼房，挡住了满天繁星。我们走着走着，看到街灯照在当铺的白墙上，墙上用粗体写着一个大大的"当"字。我们穿过人行横道，正上方挂着

"某某女医生"的招牌。再往前走，又经过了一道油漆剥落的围墙，上面写着南洋烟草的广告。但是，无论怎么走，就是走不到我住的旅馆。过了一会儿，不知是不是方才喝的茴香酒作祟，我开始口渴难耐。

"喂，有没有什么可以喝东西的地方，我口渴得厉害。"

"再往前走一点就有一家咖啡馆，再坚持一下吧。"

五分钟后，我俩已经坐在小桌边，喝上凉凉的苏打水了。

这家咖啡厅看起来比"巴黎人"要低档得多。粉色墙壁的旁边，一位梳着大分头的中国少年正在一架硕大的钢琴前弹奏。咖啡馆的正中，三四个英国海军与几个浓妆艳抹的女人跳着拙劣的舞蹈。在入口处的玻璃门边，一个卖玫瑰花的老太太，在我向她说了几句"不要"之后，正茫然地看着舞池中央的舞蹈。我突然有一种在看报纸上插图的错觉，图的名字无疑就叫作"上海"。

这时，门外有五六个英国海军一拥而入。这下最遭殃的是门口站着的那个老太太。那些喝醉的海军粗暴地推门而入时，老太太手中的花篮被撞翻在地。可那些醉醺醺的海军们哪顾得了这些，他们马上和舞池中央的同伴们会合，疯了似的扭动起来。老太太一边嘴里嘟囔着什么，一边俯下身去捡落在地板上的玫瑰。还没等她捡完，地上的花就被那些士兵们踩得粉碎……

　　"走吗？"

　　琼斯一副不耐烦的样子，高大的身体突然站起。

　　"走吧。"

　　我也立刻站了起来。不过，在我们的脚下，散落着零零碎碎的玫瑰花瓣。在向门口走去时，我想起了杜米埃①的一幅画。

　　"喂，我说人生啊。"

　　琼斯朝老太太的花篮里抛了一枚银币，转头向我说道。

　　"人生——怎么了？"

──────────

① 杜米埃：奥诺雷·杜米埃（1808—1879），法国著名讽刺画家。

"人生就像这撒满玫瑰的路啊。"

　　我们走出了咖啡厅，那里照旧有几个黄包车夫在等着拉客。见我们出来了，几个黄包车夫从四周涌上来。黄包车原本就是"不要"的。只是，这时他们身后还跟着一位不速之客。那位卖花的老太太，不知何时走到了我俩身边。嘴里一边絮叨着什么，一边乞丐似的向我们伸出手。看来她得了枚银币还不够，还惦记着能从我们的钱包里掏出点什么。想到这些玫瑰花是被这样的老太太卖出的，我不禁可怜起那些玫瑰来。这个颇为顽固的老太太，还有白天乘坐的马车的车夫，——这绝不仅是我对上海的第一瞥。遗憾的是，这的确是我对中国的第一瞥。

医院

第二天，我就病倒了。第三天，便住进了里见医生开的医院。病名好像是叫什么"干性胸膜炎"。若真是患了胸膜炎，早已计划好的中国旅行恐怕只好暂时搁浅。想到这儿，我心中开始不安起来。我赶紧给大阪总社发了一封电报，告知其我住进了医院。不久，便收到了薄田氏①发来的回电，内容是"请安心静养"。话虽这么说，可是如果一住院就是一两个月，报社方面也会很为难吧。收到薄田氏的回电，虽说稍微松了一口气，可是想到我还有撰写《中国游记》的重任，心里不免更加不安起来。

所幸在上海，除了报社的村田君和友住君，还有琼

---

① 薄田氏：薄田淳介（1877—1945），诗人，号泣瑾。大正元年（1912年）进入大阪每日新闻社工作，时任该社学艺部部长。

斯、西村贞吉①等从学生时代就开始交往的友人。这些友人知己，不论自己多忙，总是来探望我。再加上，我多少背负着点作家的虚名，时不时也会收到未曾谋面的客人送来的花和水果。那些饼干罐子曾一度堆在我床头，让我不知如何是好。（幸而有我所敬爱的朋友知己们帮我消灭它们。这些朋友们在生病的我看来，胃口都出奇的好）住院期间收到了许多探视的礼品，我对此不胜感激。不仅如此，在起先素未谋面的客人中，我还交到了两三位好友。其中一人是俳人四十起②君，一位是石黑政吉君，还有一位是上海东方通讯社的波多博君。

只是这三十七度五的低烧迟迟不肯轻易退去，不安依旧缠绕着我。即便是在白天，我也会害怕在床上躺着躺着就突然死去。为了摆脱这种神经质的想法，白天我便尽量读书。一口气读完了满铁公司③的井川氏④和琼

---

① 西村贞吉：芥川在府立第三中学时代的同学。
② 四十起：岛津四十起，著有《荒彫》（俳句集，1926 年 11 月刊）。
③ 满铁公司：南满洲铁道株式会社。
④ 井川氏：芥川高中及大学时期同学井川恭的兄长。

斯借给我的二十多本书。拉·莫特①的短篇，蒂金斯②的诗，翟理斯③的评论，都是在这时候读的。到了夜里（这里要对里见医生保密），因过度担心会失眠，我每晚都会服用安眠药。即便如此，我仍常常在天亮前就醒来。记得王次回④的《疑雨集》中写道，"药饵无征怪梦频"。这描写的不是诗人自己得病，而是咏叹其夫人重病的情状。但当时的我却能深切地体会到诗中之意。"药饵无征怪梦频"，我躺在病床上，不知将它吟咏了多少遍。

就在我卧病期间，春意渐浓。西村向我谈起龙华⑤桃花盛开的美景，从蒙古高原吹来的风席卷着黄沙，遮天蔽日。友人带着枇杷来探病。看来，现在已经到了游历苏杭最好的时节。而我，却只能躺在病床上，等着里见医生每隔一天来给我注射一针强壮剂，这种日子不知何时是个头啊。

---

① 拉·莫特（1777—1843）：德国浪漫派作家。
② 蒂金斯：尤妮斯·蒂金斯（1884—1944），美国女诗人、小说家。
③ 翟理斯（1845—1935）：英国外交官，东方学者。
④ 王次回：明代文人王彦泓，号次回，著有诗集《疑雨集》。
⑤ 龙华：龙华镇，上海南方的小镇，当地的龙华寺以桃花闻名。

附记：要写住院的事，我还有许多可以写。只是这些与上海都无大联系，我决定点到为止。我只想补充一点，里见医生是一个具有新思潮的俳人，在这里附上其近作一首：炭火熊熊烧，围炉话胎动。

城内（上）

俳人四十起氏带着我游览了上海城内的风光。

那是一个将要下雨的昏暗午后。马车载着我们俩，飞快地跑在热闹的马路上。

有的店铺里挂满了像染了朱砂一般的烧鸡，有的店铺里挂满了各式各样的西式吊灯，看得令人害怕。还有摆满了精巧的银器、富丽堂皇的银楼，而一旁是一家挂着"太白遗风"的招牌、看上去十分寒酸的酒楼。就在我饶有兴致地欣赏着中国的这些店铺门面的时候，马车已穿过宽广的马路，猛然减速，拐进了一条可以看得到头的弄堂。听四十起氏说，刚才那条宽广的马路上，原本是有城墙的。

我们下了马车，拐进了一条弄堂。这里与其说是弄堂，不如说是露天地面更为合适。这条狭窄的小路两旁，挤满了卖麻将牌的店、卖红木家具的店，一家挨着一家，鳞次栉比。在这些小店的屋檐下，又杂乱地挂满了各式各样的招牌。抬头几乎看不见天空。路上人山人海，稍微多看几眼店门口摆着的廉价印材，就会被过往的行人撞到。这些令人眼花缭乱的行人，大多是中国的平民。我跟着四十起氏的脚步，目不斜视，小心翼翼地踏着脚下的石子路往前走。

沿着这条路走到尽头，便是声名远播的"湖心亭①"了。湖心亭，听着挺气派，其实是一个残破不堪的茶馆。在亭外的池子里，水面上漂浮着墨绿色的水垢，几乎看不见湖水的颜色。池的四周围着一圈用石头砌成的栏杆，形状古怪。我们走到那儿时，看到一个身着浅绿色棉服、梳着长辫子的中国人。（在这里我需要补充一下，据菊池宽②说，我在小说里经常使用"茅厕"一类不雅的词语。如果是创作俳句的话，自然可以说是受到芜村马粪③的影响，或是芭蕉马尿④的影响。我不想听菊池先生的高见。不过倘若是写中国纪行的话，如若不能

① 湖心亭：上海共同租界内的繁华街市。
② 菊池宽（1888—1948）：日本小说家，剧作家。是芥川的高中同学。《新思潮》创办人之一。
③ 芜村马粪：与谢芜村（1716—1783），日本俳句家。有俳句"红梅落花燃，冉冉飘摇马粪热"。
④ 芭蕉马尿：松尾芭蕉（1644—1694），日本俳句家。有俳句"跳蚤和虱子，枕边尽是马尿味"。

打破礼节的束缚，是无法生动地描写眼下的景象的。若有谁觉得我在撒谎，不妨自己来写写看）言归正传，这时那个人正在悠然地向池中小便。仿佛陈树藩①叛变，白话诗走下坡路，日英续盟的缔结，对他而言都毫无影响。起码从这个男人的脸上，有一种只能让人读出此感的悠闲。我朝那人注视了好久，但这在四十起氏看来，并不是什么值得感慨的罕见光景。

四十起氏快速地绕着池边拐过去了。我踮着脚，匆匆追上四十起氏的步伐。现在可不是沉浸在胡乱咏叹中的时候。

---

① 陈树藩（1885—1949）：民国皖系军阀。

城内（中）

再往前走一点儿，便看见一个盲眼的老乞丐坐在地上。一说起乞丐，本来是具有浪漫气息的。要说这浪漫主义究竟是什么，这本是一个难以得出结论的问题。但是至少，其一大特色就是，它总是带着一种对中世纪、幽灵、非洲大陆、女性等的憧憬。这么看来，乞丐的确比上班族更具浪漫色彩。可是此地的乞丐，可不是一般的令人不可思议。他们或是躺在下着雨的路上，或是身上只盖着旧报纸，或是用舌头舔着自己烂得像石榴一样的膝盖。——总之，他们浪漫得让人觉得有些恐怖。读中国的小说，会发现有许多道士仙人化身成乞丐的故事。那是从中国的乞丐身上，自然而然发展出来的一种浪漫。而日本的乞丐不如中国的乞丐那般，所以生不出那样的故事来。充其量不过是向将军的轿子开枪，或是以山中茶水款待柳里恭①这样的故事。——闲话休提。要说这眼前的瞎眼老乞丐，倒像是赤脚仙人或是铁拐李变的。特别是在他面前的石板路上，用白粉笔书写了他悲惨的一生。那字比我的还要更胜一筹。我想，这老乞丐面前的字，到底是谁为他代写的呢？

再往前走，街道两旁全是古董店。无论哪一家店探头去望，里面无一不摆满了铜香炉、陶制马、景泰蓝钵、龙头瓶、玉镇纸、青贝柜橱、大理石砚屏、野鸡标本，甚至还有以假乱真的仇英②画混入其中。穿着长衫的店主，嘴里叼着水烟袋，气定神闲地等待着客人的到来。我顺便问了问价格，起码虚报了一倍，价格并不便宜。回到日本之后，我向香取秀真③说起这事，还受到他的一阵数落，买古董的话，去中国买还不如就到东京的日本桥④一带的街上去买。

---

① 柳里恭：柳泽棋园（1706—1758），日本诗人、画家。其著作《云萍杂志》中描写了许多失意的义士。

② 仇英：明代画家。字实父，号十州。画风细密艳丽。

③ 香取秀真：即香取秀治郎（1874—1954）。和歌诗人，铸金家。与芥川一同住在田端，故而交往。

④ 日本桥：东京中央区的日本桥一带有很多古董店。

穿过这条尽是古董店的街道，便是一座大庙。这就是经常在明信片上看到的，享有盛名的城隍庙。庙中前来参拜叩首的人络绎不绝。烧香的、烧纸钱的，人比想象的要多得多。可能是受烟熏的缘故，梁上的匾额、柱子上的对联，全都油乎乎的。没有被烟熏过的，怕是只有天花板上吊下来的金银色的纸钱，和那螺旋状的檀香了吧。仅仅这些，就如方才的乞丐一样，让我想起曾读过的中国小说。端坐成一排的判官泥像，还有端坐正中的城隍爷的画像，都与我曾看过的《聊斋志异》《新齐谐》①中的插画别无二致。我感到由衷的钦佩，顾不得四十起氏还在等着我，站在那里久久不肯离去。

---

① 《新齐谐》：清代奇谈集。袁枚《子不语》的别名。

城内（下）

　　中国的小说里充满了鬼怪奇谭，这一点自不必我多说，上至城隍爷、下至判官鬼吏，无一清闲。城隍爷为在其屋檐下露宿一晚的书生开运，判官吓死了在路上转悠的盗贼。——书中所写也不尽是这些好事儿。也有只要供奉狗肉便为虎作伥的贼城隍，或是调戏良家妇女遭到报应，被打折了胳膊或是砍了头的判官鬼吏，在天下人面前颜面尽失的例子也是不少。以前这些故事只从书中读来，难以有所实感。只是囫囵吞枣地读下来，总感觉有点隔靴搔痒。这次亲眼见到了城隍庙，无论中国的小说写得多么荒诞滑稽，我终于找到了这些奇思妙想的来源。那红脸的判官，还真有可能干起恶少的行当。那五绺美髯的城隍爷，看着倒真像是会在威风凛凛的护卫们的簇拥下升上夜空呢。

一番遐想之后，我又与四十起氏一起，逛起庙前摆出的小摊。有卖袜子的、卖玩具的、卖甘蔗的、卖贝壳衣扣的、卖手巾的、卖花生的，——还有一些小吃摊。不用说，这里的人摩肩接踵，和日本的赶庙会差不多。迎面走来一个时髦的中国人，穿一身笔挺的西装，佩戴紫水晶领带夹。这边又走来一个旧式贵妇，手上戴着银手镯，脚底摇着三寸金莲。要说这些人中，如果混着个《金瓶梅》中的陈敬济，或是《品花宝鉴》中的溪十一，也不足为奇。但是这里绝对没有杜甫、岳飞、王阳明、诸葛亮等人。换言之，现在的中国，不是诗文中的中国。如今，钟情于用陶器做的凉亭、池中的睡莲、刺绣中的小鸟的东方主义，在西方也日渐衰落。那些除了《文章规范》和《唐诗选集》对中国一无所知的汉学趣味，在日本亦可休矣。

接着我们往回走，穿过刚才那个池子旁边的大茶馆。庙宇一样的茶馆里，客人没有想象的多。但我刚走进去，云雀、白眉、文鸟、鹦鹉……各种各样的鸟叫声如骤雨般向我的耳朵袭来。抬眼望去，原来昏暗的房梁上挂满了鸟笼。中国人爱鸟，我早有耳闻。可是像这样将鸟笼挂满一排，让小鸟们比嗓子，我却做梦都没想到。这样密集的鸟鸣声，我哪里还顾得上喜爱，赶紧捂起耳朵，以防耳膜被震破。我催促着四十起氏快走，逃也似的飞快地冲出了这个充满刺耳鸟叫的茶馆。

可是鸟儿的叫声可不只在茶馆里有。我们好不容易逃了出来，可是在狭窄道路的两边，也密密麻麻地挂满了鸟笼，鸟叫声不绝于耳。这可不是闲人的遛鸟之地，这一家挨着一家的，都是专门的鸟店（其实，我到现在也没弄明白，这些到底是卖鸟的店，还是卖鸟笼的店）。

"请稍等一下，我去买只鸟。"

四十起氏对我说着，走进了其中一家店。那家店稍微往前走一点，有一家刚刷了门面的照相馆。在等待四十起氏的闲暇里，我注视着橱窗里梅兰芳的照片，想着正盼着四十起氏回家的孩子们。

戏台（上）

　　我在上海的时候，看戏的机会总共只有两三次。我成为速成的戏剧通，那是去北京以后的事了。不过在上海见过的演员中，有许多当代的名伶。像演武生的有名气很大的盖叫天，花旦有绿牡丹、筱翠花等。不过，我在谈这些演员之前，得先介绍一下戏园子的光景，不然读者们会弄不明白，中国的戏剧究竟为何物。

　　我在上海去过的剧场，其中有一个叫天蟾舞台。是一幢全新的白色三层建筑。其二层和三层为半圆形，围着黄铜栏杆。不消说，这是模仿了时下流行的西洋建筑。天顶上垂下三只明晃晃的大灯，照得整个舞台熠熠生辉。观众席的地面上铺着地砖，上面排放着藤椅。不过，即便是坐在藤椅上也不可掉以轻心。我向来惧怕臭虫，可有一次，我和村田君一起往这藤椅上一坐，手腕上就被臭虫叮了两三个包。不过好在，看戏的过程中大体没什么不快，整体来说，这儿还算干净。

舞台的两侧各悬挂着一只大时钟（不过其中一只停了）。钟的下方是色彩浓艳的烟草广告。舞台上方的横楣上，在白漆雕的玫瑰和叶形装饰中，写着"天声人语"四个大字。舞台看着比有乐座①宽敞，且这里也装了西式的脚灯。说到帷幕，在区分不同的幕时完全不使用帷幕。只有在更换背景时才会使用幕布，而作为背景的幕布上画的是苏州银行和三炮台香烟（即Three Castles）的低廉广告。这儿的帷幕，都是从中间向两边拉开的。幕布拉上的时候，幕布上的背景便把后方全都挡住。背景多为油画，描绘室内或室外的风景，新旧不一。不过种类也就那么两三种，所以无论演的是姜维骑马，还是武松杀人，背景始终一成不变。舞台左边坐着手持胡琴、月琴、铜锣等的乐师。其中还有一两个戴着鸭舌帽的老师。

顺便介绍一下看戏的顺序。甭管是一等座还是二等座，进去以后先坐下就行。中国的规矩是先入座，再买

① 有乐座：明治四十一年（1908年）建于现东京都千代田区有乐町的旧有乐座。毁于1923年关东大地震。

票，这一点甚为便利。一旦坐定，便有热水烫过的毛巾和印好的戏单送过来，当然，还有大碗茶会送过来。至于瓜子和劣质点心，只要坚决地对他讲"不要不要"就行。说到毛巾，自从我目睹邻座一个仪表堂堂的中国人拿它狠狠地擦完脸后又用它擤鼻涕之后，便也决定"不要"了。费用的话，看戏的钱加上给剧场里杂役的小费，一等座好像是一元五角到两元左右。之所以说"好像"，是因为我从未自己付过钱，都是村田君帮我付的。

中国戏剧的特色，首先在于它敲锣打鼓的喧嚣声远比想象的要大得多。特别是遇到武戏——武打部分比较多的戏剧时，舞台上的几个壮士，仿佛真的要一决胜负似的睥睨着舞台的一角，拼命地敲打着铜锣，这听着可一点也不像"天声人语"。其实，刚开始我还没习惯时，都要拿两手捂着耳朵才能坐得下去。可是我们村田乌江君就不一样了，锣声渐弱时他还觉得差了点意思。而且，即便是在剧场外面，只要是听到这锣声，他大抵就能猜出演的是哪出戏。"这锣声听着可真过瘾啊。"——每当听村田君这么说时，我都怀疑他是否过于兴奋了。

戏台（下）

　　不过话说回来，在中国的戏园子里看戏，无论是坐在观众席上说话也好，小孩子哇哇大哭也好，大家都不怎么把这当回事。仅这一点还是非常方便的。或者说在中国之所以演戏的时候锣鼓敲这么响，就是为了在看戏的时候，即便大家发出点声音，也对听戏无碍。就像现在，我在看戏的过程中，三番五次地与村田交谈，又是请教戏的情节，又是打听演员的姓名，又是询问唱词的内容，邻座的君子们也丝毫没有露出不悦之色。

　　中国戏剧的第二个特色就是几乎不使用道具。虽然有背景，不过那也是近来的发明。最原始的中国戏剧舞台，道具只有椅子、桌子和幕布。山岳、海洋、宫殿、道路——无论表现何种场景，中国舞台都只有这些，除此之外，连一棵树都未曾用过。当演员做出拉开沉重门闩的动作时，即使你不愿意，也不得不想象那里有个门。而当演员意气风发地挥着带穗的鞭子时，你便应该想象，在其胯下有一匹桀骜不驯的紫骝马正在嘶叫。好在日本人多少知晓能乐[1]，便能理解其中的奥义。看到桌椅堆积起来，便能迅速领悟到那是山。演员稍一提足，不难想象出那里有一道门槛。不仅如此，我在写实主义和与其仅有一步之遥的虚拟世界之间，发现了一种奇妙的美。说到这里，我至今无法忘却，筱翠花在演《梅龙镇》时，他所扮演的酒家少女每每跨过门槛，都要从黄绿色的裤脚下，亮出那小小的鞋底来。虽说这动作只有一瞬，可倘若没有这虚拟的门槛，也不会生出这么可爱的动作来。

不使用道具这一点，前面就已经解释过，这一点我们并不感到难以理解。他们对脸盆、碟子、手镯等小道具的使用比较随意。就拿正在演的《梅龙镇》来说，若按照《戏考》[2]上的说法，这讲的并不是当代的故事。说的是明武宗微服私访时，对梅龙镇的酒家少女凤姐一见钟情的故事。可那少女手里拿着的盘子，竟是镶着银

---

[1] 能乐：日本传统剧目形式之一。
[2] 《戏考》：京剧剧本集，王大错编。

镀金的边、画着玫瑰的瓷器。那一看，便知是在某百货大楼里买来的。

中国戏剧的第三个特色，是脸谱的变化极多。听辻听花^①翁说，就曹操一人的脸谱，就有六十余种。其变化之多，绝非市川流^②可比拟的。而这脸谱，用红、蓝、代赭^③等各色颜料，涂满整张脸，乍一看去，怎么也不像是化妆。武松戏中，蒋门神慢吞吞地出来时，无论村田君怎么向我解释，我都觉得那是戴着面具。如果一眼就能看出这是化了所谓的"花脸"，而不是戴了面具的话，那人怕真是长着千里眼。

中国戏剧的第四个特色，是武打戏非常激烈。尤其是那些跑龙套的，与其说他们是演员，倒不如说他们是杂技师。他们或是从舞台的一头，连续空翻到另一头，或是从摞起来的桌子上，头朝下笔直地跳下来。他们大多赤裸着上身，下身穿着一条红裤子，看起来跟马戏

---

① 辻听花：即辻武雄（1868—1931）。中国文学研究者。
② 市川流：日本的歌舞伎演员多姓市川，因此这里用市川流指代歌舞伎。
③ 代赭：代赭石颜料，源于中国山西省代州可开采出优质的赭石，将代赭石碾成粉末的红色系颜料。

演员和踩球艺人差不多。当然，上等的武打演员，舞起青龙偃月刀来，也是虎虎生风。武戏演员自古以来腕力过人，要是哪一天没了这腕力，也就吃不了这碗饭了。但是武生里的名角，除了这些特技之外，还有独特的气度。盖叫天扮演的武松，即便其行头看起来像是穿着束脚裤的车夫，比起挥舞大刀，他合着拍子，无言凝视着对方时的威风凛凛，倒更有行者武松的气质。

当然，这些都是中国传统戏剧的特色，新戏①里既不画脸谱，也不做空翻。但要说新，也并非完全摈弃了传统。在亦舞台②上上演的卖身投靠这场戏，演员拿着未点火的蜡烛出场时，观众需要想象那蜡烛是点燃了的。——也就是说，传统戏剧的象征主义，在新戏的舞台上仍然保留了下来。新剧的话，除了在上海，我还看过一两次，很遗憾，就这一点而言，不过是五十步笑百步的水平。至少下雨、闪电、夜晚等，还是得依靠观众的想象。

最后谈谈京剧名伶吧。——盖叫天也好，筱翠花也

---

① 新戏：现代以后新出现的西洋风的戏剧。
② 亦舞台：剧场名。

好，之前都讲过，这里也就不再赘述。这里我唯一想写点什么的，是后台的绿牡丹。我见到他，也是在后台。不，与其说那是后台，还不如说成是舞台后侧更为贴切。总之，那是一个舞台后侧的墙壁斑驳的惨淡地方。再加上一些邋遢的演员在昏暗的灯光下走来走去，唯有脸上画着浓烟的脸谱，那景象，活脱一幅百鬼夜行图。在这些人走来走去的通道旁的阴影处，放着几只中国式的箱子。绿牡丹只脱掉了头上的假头套，扔在其中一只箱子中，仍是一副苏三的装扮，坐在那里喝茶。舞台上那张清瘦的瓜子脸，现在看也并不那么纤瘦，反而是一个肉感很强、发育良好的青年。个子也比我高出五公分左右。那天晚上我仍旧是同村田君一起去的。村田君一边向他介绍我，一边与他叙旧。原来，自绿牡丹还是一名默默无闻的童角时，村田君就已经是一名非他的戏不看的狂热粉丝了。我跟他说，他演的《玉堂春》很精彩，他竟意外地回了我句日语"阿里嘎多"。

章炳麟

不知章炳麟是出于何种爱好，在他的书房里，墙上挂着一只巨大的鳄鱼标本。在这堆满了书的书房里，鳄鱼标本让人感到彻骨的寒意。而那一天的天气，套用一句俳句开头的季语[①]，正是一个倒春寒的雨天。在这间铺着瓷砖的屋子里，既没有地毯，也没有暖炉。坐的自然也是没有坐垫的紫檀四角扶手椅。再加上我只穿着件薄薄的夹衣。直到现在，我想起在那书房里坐那么久居然没有感冒，仍觉得是个奇迹。

不过章太炎先生在灰色的大褂外面，还套了件带毛里的马褂，自然是不冷。况且，他坐的还是铺着毛皮的藤椅。我听着他的雄辩，连手中的烟都忘了吸。看着他暖洋洋的悠然伸着腿侃侃而谈，真是羡慕不已。

---

① 季语：俳句开头用于咏季节的词语。

据传闻，章炳麟氏曾经自命为王者之师，一度收黎元洪作弟子。靠着桌子的墙壁上，那只鳄鱼标本的下面挂着一幅横卷上面写着"东南朴学，章太炎先生，元洪"。不过，不客气地说，先生长得真算不上俊美。皮肤蜡黄，胡须少得可怜。还有那突兀耸起的额头，让人误以为那是个瘤子。唯有那双细如蚕丝的眼睛，——那在一副高压的无框眼镜后面、总是冷冷地微笑着的眼睛，确实是不同寻常。正是因为这双眼睛，袁世凯令先生身陷囹圄。也正是因为这双眼睛，袁世凯虽一度将先生囚禁，却始终没能杀了他。

先生的话题彻头彻尾都是围绕着当代中国的政治及社会问题。当然，我除了"不要""等一等"车夫之间常用的词语之外，对汉语一窍不通，自然是无法听懂他的高见。多亏了周报《上海》的主笔西本省三氏的帮助，我才能听懂先生话语的要点，偶尔还能狂妄地向其发问。西本氏坐在我旁边，胸膛挺得笔直，无论先生讲得多么繁杂，他都热心地为我做着翻译（特别是当时周报《上海》临近截稿日，我更是对他的帮助不胜感激）。

"非常遗憾，今日之中国，政治堕落，不正之风盛行，较清末更甚，学问艺术方面，更是停滞不前。但是中国的国民，向来不走极端。只要这种特性还存在，中国便不可能实现革命。诚然，一部分学生欢迎劳农主义。但是，学生不等于国民。而且，他们就算一度参与革命，今后也必将抛弃这个主张。中国人骨子里热爱中庸的国民性，要远胜于那一时的冲动。"

章炳麟氏不断地挥舞着他那留着长指甲的手，滔滔不绝地说着自己的观点。而我——只觉得冷。

"那么要复兴中国，应该怎么做呢？这一问题的解决，暂不论具体方法，绝不可纸上谈兵。古人云，识时务者为俊杰。不从一个主张开始演绎，而是根据无数的事实来归纳，这便是识时务。识时务，而后定计划，所谓'因时制宜'，说的无非就是这个道理……"

我侧耳倾听，不时望向墙上的鳄鱼。思索着一些与中国问题毫不相干的事情。——那条鳄鱼一定熟知睡莲的香味、阳光及海水的温暖。这么说来，现在的我有多冷，那条鳄鱼一定能够理解。鳄鱼啊，被制作成标本之前的你可真幸福啊。请可怜可怜我吧，可怜可怜这个还活着的我吧……

西洋

问：上海不仅代表着中国，它还有西洋的一面。它的这一面也一定要了解清楚。就拿公园来说，就远比日本要先进得多。

答：公园我也大致都游览过了。法国公园①和兆丰公园②，是散步的绝佳去处。特别是法国公园，在那刚吐出嫩叶的悬铃木之间，西洋人的妈妈或是乳母带着孩子在玩耍，这情景可真是美啊。——可我并不觉得这儿的公园比日本的先进多少。不过这里的公园都是西式的。并非西式的就是先进的。

问：新公园③你也去过了吗？

答：去过了，不过那儿顶多算个运动场吧，我觉得

---

① 法国公园：现复兴公园。
② 兆丰公园：现中山公园。
③ 新公园：虹口公园，后改名鲁迅公园。

它不是公园。

问：公家花园①呢？

答：那个公园很有意思。外国人出入自由，可中国人一概不得入内。却取名"公家"，这名字起得可真妙啊。

问：可是走在路上能看到许多西洋人，这种感觉还是很好的吧？在日本可见不到这样的景象。

答：这么说来，我前几天在街上看到一个没有鼻子的西洋人。这种怪人要想在日本碰到，可是很难的哦。

问：那个啊，那是在闹流感时，最先戴上口罩的洋人。——不过，走在路上，与西洋人比起来，日本人就显得寒碜多了。

答：穿西装的日本人确实如此。

问：穿和服的日本人不更是如此吗？日本人对于暴露肌肤一事毫不在意。

答：要是在意的话，那一定是内心有猥琐的想法吧。久米仙人②不就是因为这个才从云端上掉下来

---

① 公家花园：现黄浦公园。
② 久米仙人：日本传说中的人物。拥有神力，可腾云驾雾。但因看到洗衣女子露出的小腿，失去神力，从空中坠落。

的吗？

问：那么西洋人猥琐吗？

答：当然从这一点来看是猥琐的。不过风俗这东西，是少数服从多数。所以，现在日本人也觉得光脚出门是粗鄙的了。也就是说，日本人变得比从前猥琐了。

问：可是日本的艺伎光天化日之下走在街头，在西洋人面前也是非常羞愧的吧？

答：什么？这一点你大可放心。西方的舞女也是大白天出来的，——只是你分辨不出来罢了。

问：瞧你这话说的。法国租界你也去过了吗？

答：那儿的住宅区令人心情愉悦。杨柳生烟，鸽鸣花开，还有中式民宅散落其中……

问：那一带都是西式建筑吧。红砖、白瓦，西洋人的建筑不也挺好的吗？

答：西洋人的建筑大抵不太行。至少我见过的西式民宅，看着都不上档次。

问：你竟如此讨厌西洋，我真是做梦都没想到——

答：我不是讨厌西洋，我是讨厌低俗。

问：这一点我也是如此。

答：别说假话了。比起和服，你更愿意穿西装。比起和式的院子，你更愿意住西式的木屋。比起乌冬面，你更愿意吃通心粉。比起山本山①，你更愿意喝巴西咖啡——

问：知道了知道了。可是西洋人的墓地可不差。静安寺路的西洋人的墓地，你觉得怎么样？

答：说到墓地，那墓地确实很讨巧。但是于我而言，比起睡在大理石的十字架下，我更愿意躺在土包里。更别说是什么奇奇怪怪的天使雕像下了。

问：这么说，你对上海的西洋一面，完全没有兴趣啊。

答：不，我很感兴趣。正如你所言，上海有着西洋的一面，不管怎么说，看见西洋总是有趣的。可是即便是在没去过真正的西洋的我的眼里，这里的西洋也显得有些不伦不类。

---

① 山本山：位于东京日本桥的著名的茶叶店。

郑孝胥氏

坊间传闻，郑孝胥[①]氏过着安贫乐道的生活。然而，某一个阴天的上午，我与村田君、波多君一起驱车驶至其门前一看，那所谓清贫的住所是一幢灰色的三层建筑，远比我想象的要气派得多。一进门便是庭院，泛黄的竹林里，雪球花清香扑鼻。如果是这样的清贫住所，我也愿意居住其中。

五分钟后，我们三人被领到了客厅。客厅里除了墙上挂着的几幅字画外，几乎没有任何装饰。不过壁炉台上，左右摆放着一对陶制的花瓶，花瓶里小小的黄龙旗垂着尾巴。郑苏戡[②]先生不是民国的政治家，而是大清帝国的遗臣。我望着这面旗，隐约想起来有人曾评价他"他人之退而不隐者，殆不可同日论"。

---

① 郑孝胥（1860—1938）：清朝政治家。
② 苏戡：郑孝胥的字。

就在此时，一个体形微胖的年轻人悄无声息地走了进来。这正是曾在日本留过学的、先生的儿子郑垂氏。与其交往甚密的波多君，马上向他介绍起我来。郑垂氏的日语非常好，与他交谈，就不用劳烦波多君和村田君翻译了。

不久之后，身材高大的郑孝胥氏出现在我们面前。先生气色甚好，看着不像是老人。眼睛也似青年般炯炯有神。特别是他那挺得笔直的胸膛、气势十足的手势，看上去比郑垂氏还要年轻。黑色的马褂儿上，套着一件灰底泛蓝的大褂儿，真不愧是当年的才子，风度翩翩。先生如今已经解甲归田，还能有如此气势，不难想象，其当年在以康有为氏为中心的那如戏剧般的戊戌变法中，开展轰轰烈烈的事业之时，该是何等的意气风发。

我们和郑氏一起，讨论了一会儿中国问题。我也大言不惭地谈论起新四国银行团①成立后，中国国内对日本的舆论等不合时宜的问题来。——看起来虽然不认

---

① 新四国银行团：1920 年 10 月 15 日，英国汇丰银行、法国东方汇理银行、日本横滨正金银行、美国摩根银行组成四国银行团，与中华民国缔结贷款协议。

真，但当时的我并非信口开河，而是极为认真地发表了
自己的观点。

不过现在回想起来，当时的我或许有些神志不清。
当时情绪激昂的原因，除了我自己本身草率的性格之
外，当时的时局也要负一半的责任。如果有人认为我在
说谎的话，那么请自己去中国看看好了。不出一个月，
一定会不由自主地谈论起政治的。因为中国的空气里，
孕育着二十年来的政治问题。

如此正经的我，在游历江南一带期间，这股热情也
未轻易退去。在无人逼迫的情况下，满脑子想的都是比
艺术要低下几等的政治问题。

郑孝胥氏在政治上，对时局十分绝望。只要政客执
迷于共和，则永远无法摆脱混乱。然而，即便实行王
政，要克服当前的困难，也只能等待英雄的出现。而那
位英雄，又不得不面对如此错综复杂的国际关系。如此
看来，等待英雄的出现，就如同等待奇迹的出现一般。

交谈期间，我衔起一根烟，郑先生立马站起来为我
点火。我感到十分惶恐，不禁感叹，在待客这方面，与

邻国的君子相比，日本人真是稍逊一筹啊。

　　品过红茶之后，先生带着我们来到了屋后的庭院。美丽的草坪周围，种着先生从日本移植过来的樱花和白皮松。只见对面有一幢同样的灰色三层建筑，那是最近才建成的郑垂氏的住宅。我漫步在庭院中，眺望着一丛竹林上方，那云缝里的蓝天。想要过这种清贫生活的想法，再次涌上我的心头。

　　我在写这篇文章的时候，正好收到了装裱店给我送来的一幅挂轴。挂轴里装裱的，是我第二次去拜访先生时，先生为我书写的一首七言绝句："梦奠何如史事强，吴兴题识逊元章。延平剑合夸神异，合浦珠还好秘藏。"看着这龙飞凤舞的墨迹，不禁怀念起与先生相处的短暂时光。我不仅是面见前朝的遗臣，更是亲聆了中国当代诗宗、《海藏楼诗集》作者的教诲。

罪恶

敬启者：

上海被称为中国第一的"罪恶之都"。世界各国人聚集于此，自然也容易变成这样。据我所见所闻，风纪确实不好。比如，上海的黄包车夫突然变成了劫匪这事，在报纸上屡见不鲜。再如，坐在黄包车上，突然被人从背后抢了帽子，在这里也是家常便饭。最可恶的是，为了抢走女人的耳环，甚至不惜割掉她的耳朵。这与其说是强盗，倒不如说是变态狂。说起罪恶，几个月前的莲英被杀案，还被写进了戏剧和小说。这案子是一个叫作"拆白党"的恶棍少年团犯下的，其中一个成员为了抢钻戒，杀死了一个叫莲英的妓女。作案手法是将其骗入汽车，开到徐家汇附近后勒死。这在当时的中国，可谓史无前例的新式犯罪了。舆论说这是侦探小说带来的坏影响，这种说法在日本也常有。不过话说回来，我看过莲英的照片，说实话，真算不上是美女。

当然，狎妓也很猖獗。若是去青莲阁等茶馆，临近薄暮时分，这里就会聚集着无数的女人。这些女人被称作"野鸡"，粗略一扫，她们全都不满二十岁。她们看到日本人来了，便会围上来，叫着"ANATA①、ANATA"。除了"ANATA"之外，还有说"SAIGO、SAIGO"的。这"SAIGO"是什么意思呢？这是当年日俄战争时，日本军人抓着中国女人就要带到附近的高粱地去干那事时说的"SA,IKO（来，跟我走）"，这便是这个词的起源。知道了来源仿佛觉得像听相声一般，可这对日本人来说，到底不是什么光彩的事。到了夜里，四马路一带总有几个"野鸡"坐在黄包车上转悠。要是遇到了客人，就让客人坐上黄包车，自己走着将客人带回家。不知为何，她们都戴着眼镜。或许在如今的中国，女人戴眼镜是一种新式的流行吧。

鸦片也是半公开的，在任何地方都有人吸。我去过

① ANATA：日本女子对丈夫的称呼。

一个鸦片窟，一个妓女和一个客人，在微弱的煤油灯光下，衔着长长的烟管，在吸食鸦片。听人说，还有魔镜党、男堂子等了不得的玩意儿。所谓男堂子，就是男人向女人献媚，而魔镜党，就是为了满足客人的需要，女人与女人之间上演淫戏。听了这些事，便觉得在熙熙攘攘的人群中，藏着几个梳长辫子的萨德侯爵①也未可知。实际上，恐怕的确有。据一位丹麦人说，他在四川、广东待了六年，也未曾听说过有辱尸的流言，而来到上海短短三周内，就目睹了两例。

此外，听说最近西伯利亚一带有大量长相奇特的男女要来上海。有一次，我与朋友一起在公家花园散步时，就遇到一个衣衫褴褛的俄国人缠着我们要钱。那只是个普通的乞丐，但他的样子令我极度不适。由于工部局的严加管教，从整体上看，上海的风纪好了不少。西洋人方面，EI Dorado，Palermo等咖啡厅都关了。不过，近郊的一家名为Del Monte的店，依旧有许多商人光顾。

---

① 萨德侯爵（1740—1814）：法国小说家。

Green satin, and a dance, white wine and
gleaming laughter, with two nodding ear-rings
——these are Lotus.

这是尤妮斯·蒂金斯咏上海女人Lutos（阿莲）诗中
的一节。"美酒映笑颜"——这咏的不是Lutos一人，那
些靠在Del Monte的桌边，听着有印度人在内的乐师演
奏的管弦乐的女人们，均在此列。

此致。

南国的美人（上）

上海有许多美人。不知为何，每次见她们都是在一家名为"小有天"的酒楼。据说这里是刚刚故去的清道人李瑞清①常来的地方。他还留下了一副对联"道道非常道，天天小有天"，可见其对此地的偏爱绝非一般，可谓用心周到。据说这位有名的文人有一个非凡的胃，能一口气将七十只蟹一扫而光。

总体而言，在上海的饭馆里待着，并不是那么舒心。房间与房间之间用不雅致的墙壁隔开。就连装修得十分漂亮的一品香，其桌上摆着的物件，也与日本的西式餐厅别无二致。其他诸如雅叙园、杏花楼乃至兴华川菜馆等，在这些饭馆里，除了味觉能得到满足以外，其他的感觉别说是得到满足，完全就是备受打击。

---

① 李瑞清（1867—1920）：号清道人。清末民初诗人、教育家、美术家、书法家。

不过话说回来，这儿的菜肴确实比日本的要美味。如果要摆出点行家的架势的话，我去过的上海菜馆，比瑞记、厚德福等北京菜馆要逊色一些。即便如此，比起东京的中华料理店，就是小有天，味道也要高出很多。而且价格便宜，只要日本的五分之一。

话题有点扯远了。我见过美女最多的时候，是与神州日报的社长余洵氏一起吃饭时。如前所述，这次也是在小有天的楼上吃的。小有天面朝上海夜晚最热闹的三马路，栏杆外车水马龙，闹声不绝于耳。楼上自然也是谈笑声、歌声、胡琴伴奏声，片刻不停。我在一片喧闹中，一面品着玫瑰花茶，一面看着余谷民[1]君在局票上走笔如云。看着眼前的场景，总觉得自己来的不是茶馆，而像是坐在邮局的凳子上等待时的那种忙碌场合。

局票是用洋纸印成的，上面用红字潦草地印着"叫×××速至三马路大舞台东首小有天闽菜馆×××座侍酒勿延"。记得雅叙园的局票上，一角还

---

[1] 余谷民：谷民是余洵的字。

印着"勿忘国耻"的字样，反日风气很高，所幸这里的局票上并没有类似的话。（局票与大阪的"见状"一样）余氏在其中一张上写上我的姓，后面加上了"梅逢春"三个字。

"这是那林黛玉，已经五十八岁了。近二十年政局的秘密，除了徐世昌大总统，就属她最清楚了。我以你的名义叫的，让你做个参考。"

余氏暗笑着，开始写下一张局票。余氏日语很好。据说他曾在席间用中日两国语言发表演讲，令座上宾德富苏峰[①]氏赞叹不已。

不久，余氏、波多君、村田君和我一一落座。最先来的，是一位名为爱春的美人。她看上去很有灵气，长着一张颇有气质的圆脸，多少有点日本女学生的味道。她身着带着白色织纹的浅紫色上衣，下半身穿着也有花纹的青绿色裤子。头发像日本少女一样编成辫子，发尾用蓝色发带束起来，长长地垂在身后。额头留着刘海，

---

① 德富苏峰（1863—1957）：本名德富猪一郎，日本历史学家和评论家，作家德富芦花之兄，是继福泽谕吉之后日本近代第二大思想家。同时，他是日本右翼思想家的典型，第二次世界大战后，被国际军事法庭判为甲级战犯。

这也与日本少女无异。此外，其胸前挂着翡翠蝴蝶吊坠，耳朵上戴着镶有珍珠的金耳环，手上戴着金手表，全身珠光宝气，闪闪发光。

南国的美人（中）

　　我被她的美貌折服，就连在使用长长的象牙筷子夹菜时，也目不转睛地盯着这位美人。不过，就像佳肴一道道被端上桌一样，美人也一个个接踵而至。到底是不该只赞叹爱春一人的场合，于是我把目光转向接着进来的时鸿。

　　这位叫作时鸿的姑娘，模样并不比爱春美。不过她看起来很强势，长着一张带有田园色彩、个性分明的脸。头发与爱春一样，编成辫子垂在脑后，只是她的发带是粉色的。她身着深紫色的绸缎衣裳，上面绣有银蓝相间的半寸花边。听余谷民君介绍，这位姑娘生于江西，不刻意追赶潮流，还保留着古典美。虽然如此，与素颜的爱春相比，她脸上的脂粉要浓重得多。我看着她的手表，（左胸前佩戴的）钻石蝴蝶，大颗珍珠穿成的项链，光是右手就戴着镶了两颗钻石的戒指，我无比佩服。心想着就是新桥的艺伎，也不曾有一人有这般光彩夺目。

时鸿后面进来的——如果一一写下去，读者恐怕也要看得审美疲劳了，这里就只介绍其中两个。一个叫洛娥，她刚要与贵州省长王文华结婚，王就被人暗杀，所以现在还在做歌伎，说起来真是红颜薄命。她穿一件黑色绸缎衣裳，上面插一朵芳香扑鼻的白兰花做点缀，除此之外别无修饰。这种不符合年纪的素雅，再加上她那双清澈的双眸，给人一种清秀的感觉。另一位是一个文静少女。她戴着金手镯和珍珠项链，不过别人看起来，就像是玩具一般。要是谁调戏她，她便像这世间普通的女子一样，露出羞涩的神情。更令人不可思议的是，她的名字叫天竺，日本人听了可能会忍不住笑出来。

这些美人按照局票上的客人名字，依次坐在我们中间。然而我叫的那曾经风华绝代的林黛玉，却迟迟没有露面。席间，一位叫秦楼的歌伎，手中夹着吸了一半的卷烟，唱起了婉转的西皮调《汾河湾》。她们唱歌时，通常都有胡琴伴奏。不知为何，拉胡琴的男子，在拉琴时大多戴着煞风景的鸭舌帽或礼帽。胡琴多是在横断切开的竹筒上蒙上一层蛇皮制成。秦楼一曲唱罢，这回轮到时鸿登场了。她没有用胡琴做伴奏，而是自弹琵琶，唱了一首凄凉的小曲儿。她出身于江西，那里正是浔阳江上的一片平原。若是像中学生一样感慨一番的话，在枫叶荻花瑟瑟之秋，使得江州司马白乐天湿了青衫的那首琵琶曲，恐怕就是我现在听到的这首了吧。时鸿唱罢，萍乡献唱。萍乡唱罢——村田君突然站起来，唱起了西皮调的《武家坡》，"八月十五，月光明"，着实让我大吃一惊。当然，若不是这般聪慧，也难以像他那样在复杂的中国生活的方方面面，都能做到游刃有余。

艺名林黛玉的梅逢春落座，已是桌上的鱼翅汤喝完之后了。她的身材比我想象的还要接近歌伎，十分丰满。脸看上去已不算美丽。尽管精心化了妆，但能窥见其往日姿色的，唯有那凤眼中闪过的艳丽光芒。不过一想到她的年龄——怎么看也不像是五十八岁。她看上去顶多四十出头。尤其是她那一双手，就像小孩子的手一般，指根的关节处凹进肉乎乎的手背。她身穿黑绸缎上衣，上面绣着银边的兰花，下面是同种布料的直筒裤。耳环、手镯，还有挂在胸前的吊坠，全都是在金银底上镶满了翡翠和钻石。特别是戒指上的钻石，足足有鸽子蛋那么大。感觉这样的装扮，不应该出现在这马路边上的茶馆里，而应该出现在谷崎润一郎的小说《天鹅绒之梦》中那个交织着罪恶和奢华的世界里。

不过，就算是上了年纪，林黛玉到底还是林黛玉。从她的言谈举止中，便可看出她是何等的有才气。不仅如此，几分钟之后，她和着胡琴和笛子的伴奏，唱起秦腔来。那声音里迸发出来的力量，确实艳压群芳。

南国的美人（下）

"怎么样，林黛玉？"

她离席之后，余氏问我。

"真不愧是女中豪杰啊。首先她看起来非常年轻，这一点就着实令我惊讶。"

"听说她年轻时一直吃珍珠粉。珍珠可是不老仙丹。要是不吸鸦片的话，她看起来会更加年轻。"

说着，林黛玉的位置上已经坐上了新进来的姑娘。这是一个皮肤白皙、有着大家闺秀气质的小个子美人。她身穿带有万宝图的浅紫色缎子衣裳，戴水晶耳环，更平添了一丝高雅的气质。我赶紧问她芳名，她答"花宝玉"，——她说自己名字时声如莺啼。我递过一根卷烟，想起了杜少陵的诗《布谷催春种》。

"芥川先生。"

余洵氏一边劝我喝酒，一边难以启齿似的唤着我的名字。

"怎么样，中国的女人？喜欢吗？"

"哪儿的女人我都喜欢，——中国的女人也很漂亮啊。"

"你觉得她们什么地方好？"

"嗯……我觉得她们最美的地方是耳朵。"

其实，我对中国人的耳朵满怀敬意。说到耳朵，日本女人可比不上中国女人。日本人的耳朵大多扁平肉厚，更有甚者，与其说是耳朵，不如说是不知何种缘故，在脸颊两旁长了两串蘑菇。仔细想想，这就跟深海里的鱼瞎了眼一个道理。日本人的耳朵素来藏在抹了发油的鬓发后面。但是，中国女人的耳朵一直任凭春风的吹拂，而且还戴着镶着宝石的耳环。因此，日本女人的耳朵已经退化成今日这般，而中国女人的耳朵则天然去雕饰，十分美丽。如今面前的这位花宝玉，就长着一对小巧玲珑如贝壳般的耳朵，惹人喜爱。"他钗钿玉斜横，鬓偏云乱挽。日高犹自不明眸，畅好是懒、懒。半眴抬身，几回搔耳，一声长叹。"《西厢记》里的莺莺，想必也是长了这样一对耳朵。笠翁[1]曾详细描写过中国女人之美（《偶集》卷之三，声容部），却唯独只字未提耳朵。就这一点来看，写出了十种曲[2]的伟大作者，却不如我芥川龙之介具备慧眼呢。

说完耳朵之后，我与其他三人一起喝了甜粥。然后走上熙熙攘攘的三马路，打算去妓院看看。

妓院一般在马路横切的石板路两侧。余氏一面为我们带路，一面依次读着妓院门口灯笼上写的名字，终于在一家妓院门前停下，径直走了进去。进门一看，是没有铺地板的泥地，看着有些寒酸，几个穿着粗布麻衣的中国人在吃饭什么的。如果不是事前知道的话，谁都不信这是妓女居住的地方。不过，一上楼，小巧的中式沙龙里，灯火通明。排成一列的紫檀椅，巨大的立地镜，这样看起来的确像是一流的妓院。贴着蓝色壁纸的墙

---

[1] 笠翁：李渔（1611—1679），中国明末清初的剧作家，字笠翁，著有随笔集《偶集》。
[2] 十种曲：《笠翁十种曲》是李渔创作的喜剧集，包括《奈何天》《比目鱼》《蜃中楼》《怜香伴》《风筝误》《慎鸾交》《凰求凤》《巧团圆》《玉搔头》《意中缘》。

上，也挂着几幅裱了玻璃框的南宗画。

"在中国包养妓女也不容易，就连这些家具，都要花钱给她们置办呢。"

余氏和我们一起喝茶，讲起来许多花柳界的事。

"今晚我们叫来的这些姑娘，要想包养她们，至少要五百大洋。"

这时，刚才的那位花宝玉，从隔壁房间里探出头来。中国的妓女出席陪酒，只坐五分钟就走。刚才还在小有天的花宝玉，此刻已经回到了这里，这并非什么不可思议之事。此外，若想了解在中国包养妓女的细节，请参考井上红梅①的《中国风俗卷之上，花柳词汇》。

我们同两三个姑娘一起，嗑着瓜子，抽着烟，聊了会儿天。说是聊天，我基本不说话。村田君指着我，对其中一个淘气的姑娘说："他不是东洋人，是广东人。"那姑娘问村田君："此话当真？"村田君回她："千真万确。"听着他们的谈话，我的思绪飘到了一些漫无目的的事情上。

---

① 井上红梅：中国风俗研究家。1918 年出版杂志《中国风俗》，1921 年将其整理成单行本出版。

约莫二十分钟后，我感到有些无聊，便在屋里踱步，也顺便偷偷看了看隔壁房间。电灯下，温柔的花宝玉正跟一个胖胖的阿姨围坐在餐桌前吃晚饭。桌上只有一个盘子，盘子里也只有一些青菜。不过宝玉还是吃得津津有味。看到这一幕，我不由得会心一笑。刚才来小有天的花宝玉，真不愧是南国的美人。不过，眼前的这位花宝玉——这个嚼着菜根的花宝玉，绝不只是一个任由浪荡公子玩弄的美人。这时，我第一次对中国的女人有了亲切感。

李人杰^①氏

"我与村田君一起，去拜访了李人杰氏。李氏年仅二十八岁^②，论信仰是社会主义者，是上海'少年中国^③'的代表人物之一。在去的路上，透过车窗，看到路旁郁郁葱葱的树，顿觉夏天已至。那是一个阴天，偶尔有一点阳光，风起而尘不扬。"

这是在拜访完李氏之后，我写下的备忘录。现在翻开笔记本来看，当时急忙用铅笔写下的潦草字迹，有很多已经看不清了。当然，文章写得也很没有条理。不过，正是这没有条理的文章，反而反映了我当时的

---

① 李人杰：李汉俊（1890—1927），牺牲时年仅 37 岁。原名李书诗，字人杰，号汉俊，中国共产党和中国社会主义青年团的主要创始人之一、中国最早的马克思主义启蒙者之一。早年留学日本。

② 此为作者误记。

③ 少年中国：少年中国一语译自 "Young China"，是当时中外新闻界对富于改革精神的一般新派人物惯用的称谓，并不一定专指社会主义者或共产主义者。

心境。

"有人直接将我们带到了客厅。客厅里有一张长方形的桌子，两三把西式座椅，桌上有盘子，里面盛着陶制的水果，梨、葡萄、苹果……除了这粗糙的仿制品以外，再没有一样赏心悦目的装饰。但是房间里一尘不染，简朴的气息令人愉快。"

"几分钟后，李人杰氏来了。李氏个子不高，头发稍长，面瘦，脸上看起来血色不佳。目带才气，手小，态度诚恳。同时又能察觉到他敏锐的神经。给人第一印象不坏。像是触碰到了时钟上那细且强韧的发条。我与他隔桌对坐，他穿一件灰色的大褂。"

李氏曾在东京上过大学，日语讲得十分流利。特别是他能将一些复杂的道理讲得深入浅出，在这一点上，我的日语还不如他。另外，有件事情我没有写到备忘录里，接待我们的客厅一角，有直通二楼的木梯。因此，从梯子上下来时，客人最先看到的是脚。对于李人杰氏，我们最先看到的，也是他脚上那双中国布鞋。除李氏之外，没有哪位名士，我最先看到的是脚。

"李氏云，应如何改造今日之中国？要解决这一问题，方法既不在共和，亦不在复辟。这般政治革命，对改造中国毫无意义。这一点在过去已经得到了证明，如今又被证明了一次。然吾辈应努力之方向，唯有社会革命这一种方法。这就是宣传文化运动的'少年中国'的思想家们，一致呼吁的主张。李氏又云，社会革命必须依靠宣传这一手段。此乃吾辈著书立说原因之所在。已经觉醒的中国之仁人志士对待新知识并不冷淡，相反，他们对其如饥似渴。然而，能够满足知识需求的书籍少之又少，吾向君断言，当下之要务便是著述。正如李氏所言，当下之中国无民意，无民意何以生革命？更何谈得成功？李氏又云，种子已在手里，唯恐万里之荒芜，抑或力不能及。无论吾等之肉体能否承受此般劳苦，必定都会陷入忧愁。言毕，李氏眉头紧锁。我对其深表同情。李氏又云，近期应该关注的，是中国银行团的势力。其背后之势力暂且不论，北洋政府有被中国银行团左右的趋势，这一点已是不争的事实。这不一定是坏事，因为，吾等之敌人——吾等之炮火应集中攻击的，正是此银行团。我说，我对中国的艺术很失望。我所看到的小说绘画，全都不值一提。然而，就中国的现状来看，期待从这片土壤里诞生出兴盛的艺术，似乎本来就是一个错误。我问先生，在宣传手段之外，是否还有余力顾及一下艺术呢？李氏云：几乎没有。"

我的备忘录里记下的，就是这些了。不过，李氏的言谈举止十分敏捷利落，也难怪一同前往的村田君感叹"此人的脑子可真好"。不仅如此，我还听说李氏在日本留学时，还曾读过一两篇我的小说。这让我又对他增添了一些好感。即便是我这样的正人君子，可毕竟我是个小说家，在这方面的虚荣心还是很强的。

日本人

　　我们应邀至上海纺织厂的小岛氏的家里吃晚饭时，看到他家门前的庭院里，种了一棵樱花树。

　　同行的四十起氏说："快看，樱花开了。"其语气中，带着一种让人不可思议的欣喜。刚走出来的小岛氏，说得夸张一点，他的神情像是刚从美洲大陆回来的哥伦布，向人们炫耀他从新大陆带回来的特产。那瘦木枯枝的树上，只不过挂着几朵可怜的樱花罢了。

　　我内心十分不解，这两位先生为何会如此欣喜呢？但是，在上海住了一个月之后我才明白，不仅这两位先生，其他日本人也是如此。日本人究竟是怎样的人种，我无从知晓。但是是走出国门之后，无论是重瓣还是单瓣，只要看到樱花就会感到幸福的人种。

　　我去参观同文书院时，走在寄宿宿舍的二楼，透过走廊尽头的窗户，能看到一片青色的麦浪。麦田里，随处点缀着几丛普通的油菜花。再往远处望，在这片麦田的背后——有一排低矮的房屋，上面挂着一面巨大的鲤鱼旗。鲜艳的鲤鱼旗在风的吹拂下不断翻腾，仅这一面鲤鱼旗，瞬间改变了周围的风景，让我感到我不是在中国，而是在日本。

然而走近窗户往下一看，便能看到窗下的麦田里，有一群中国农民在辛勤地劳作。这莫名让我感到一丝违和。我在遥远的上海上空，看到了日本的鲤鱼旗，这使我感到愉快。或许，我根本没有资格嘲笑樱花的事情。

◎

我曾受到上海日本妇女俱乐部的款待。地点是位于法国租界的松本夫人的宅邸。在铺着白色桌布的圆桌上，摆放着一盆瓜叶菊，还有红茶、点心、三明治……围坐在桌子旁的夫人们，比我想象的要温良贤淑。

我与这些夫人们，谈论起了小说和戏剧。其中一位夫人对我说："这个月您发表在《中央公论》上的小说

《乌鸦》，写得很有意思。"

"不不不，写得不好。"

我谦虚地答道，很想让《乌鸦》的作者宇野浩二听听我们这段对话。

◎

南阳号的船长竹内氏跟我说，他在汉口的码头散步时，曾看到成片悬铃木树下的长凳上，一个不知是英国还是美国的船员，和一个日本女人坐在一起。那女人一看便知是做什么的。据说当时竹内氏看到这情形，颇感不快。听了这故事以后，我走在北四川路上，看到迎面而来的车里，三四个日本艺伎拥着一个西洋人频频嬉闹。但我并没有像竹内氏那样感到不快。不过，对他那不快的心情，我也并非无法理解。不，反而我对这种心理很感兴趣。在这种情况下仅仅只是感到不快，倘若往大了说，不就是爱国的义愤吗？

◎

据说有一个叫X的日本人，在上海住了二十年，婚也是在上海结的，孩子也是在上海生的，还在上海发了财。因此，他对上海有很强的眷恋。偶尔有客人从日本来，他总要对上海夸赞一番。建筑、道路、饮食、娱乐……日本什么都比不上上海，上海就跟西洋一样。与其在日本操劳一辈子，还不如早日来上海——他甚至这样劝告客人。X死后，拿出他的遗嘱一看，上面竟意外地写着："无论如何，我的骨灰一定要埋在日本……"

一日，我站在旅馆的窗边，抽着古巴的Habana雪茄，想起了这个故事。我们不应该嘲笑X的矛盾，在这一点上，我们跟他都一样。

徐家汇

　　明朝万历年间。墙外，处处柳树成荫。墙的那边可见天主教堂的屋顶。屋顶上的黄金十字架在落日的余光下熠熠生辉。一名行脚僧和一个村童上场。

　　行脚僧：徐公①的宅邸是在那儿吗？

　　村童：正是那儿。可是，就算您进去了，也化不到缘的，徐大人最讨厌和尚了。

　　行脚僧：好的，好的，我知道了。

　　村童：既然知道了您就别去了吧。

　　行脚僧：（苦笑）你这孩子说话怎么带刺呢，我去那儿又不是要暂住修行，我是去向天主教徒们讨教讨教的。

　　村童：是吗？那随便您了。要是被他们家下人打

———————

① 徐公：徐光启（1562—1633），明末官吏、农学家、天文学家。受利玛窦影响成为天主教徒，将其位于上海西郊徐家汇的自家住宅建成天主教堂。

了，可没人能帮您。

村童退场。

行脚僧：（独白）那儿能看到天主教堂的屋顶，可是大门在哪儿呢？

一个洋人传教士骑驴走过，后面跟着一个随从。

行脚僧：喂，喂。

传教士拉住了驴。

行脚僧：（勇猛地）你从何处来？

传教士：（疑惑地）我从信徒家来。

行脚僧：黄巢过后，还收得剑么？ [①]

传教士一脸茫然。

行脚僧：还收得剑么？快说，快说，你若不说——

行脚僧挥着如意棒，要打传教士，随从将其扑倒。

随从：此人疯了，不用理他，我们快走吧。

传教士：怪可怜的，看他眼神有点奇怪。

传教士一行离去，行脚僧站起来。

---

① 黄巢过后，还收得剑么：出自果煜法师的《法云灌顶》。原文如下。岩头问僧："甚处来？"僧曰："西京来。"岩曰："黄巢过后，还收得剑么？"曰："收得。"岩引颈近前曰："斩！"僧曰："师头落也。"岩呵呵大笑。僧后到雪峰。峰问："甚处来？"曰："岩头。"峰曰："岩头有何言句？"僧举前话。峰便打三十棒赶出。

行脚僧：可恶的外道①。把我的如意都折断了，我的钵哪儿去了？

墙内远远地传来天主教的赞歌。

◎

清朝雍正年间。草原，处处柳树成荫。其间可见一座荒废的礼拜堂。三个农村少女，手挎提篮在摘艾蒿。

甲：云雀的叫声真吵。

乙：是啊——哎呀，有只讨厌的蜥蜴。

甲：你姐姐的婚礼还没办吗？

乙：可能要到下个月了。

丙：哎呀，这是什么呀？（拾起一个沾满土的十字架。丙是三人中最年幼的）上面还雕着人像呢。

乙：什么东西？让我看看。这是个十字架。

丙：十字架是什么？

乙：天主教的人拿着的东西。这个不知是不是金子做的。

———————

① 外道：佛教对佛教以外的思想、宗教或其信徒的称呼。

甲：好了好了，拿着这种东西，搞不好会像张三一样被砍头。

丙：那还是把它埋回原来的地方吧。

甲：嗯嗯，这样最好。

乙：嗯嗯，这样最保险。

少女们离开。几小时后，草原上暮色渐至。丙和一个瞎眼老人一同出现。

丙：就在这附近，爷爷。

老人：那快找吧，有人来就麻烦了。

丙：快看，找到了，就是这个吧？

新月下，老人手持十字架，默默低头祈祷。

◎

民国十年（1921年）。麦田里有花岗石的十字架。柳树上方，天主教堂的尖塔屹然耸入云端。五六个日本人穿过麦田走出来，其中一人是同文书院的学生。

甲：那座天主教堂是什么时候建成的？

乙：据说是道光末年。（翻开旅游指南）进深二百五十英尺，宽一百二十七英尺，高一百六十九英尺。

学生：那是墓。那个十字架——

甲：还真是，看这残存的石柱和石兽，以前恐怕更加壮观。

丁：应该是吧，好歹也是大臣之墓啊。

学生：这砖砌的台座里面还嵌着石头呢。这是徐氏的墓志铭。

丁：上面写着"明故少保加赠太保礼部尚书兼文渊阁大学士徐文定公墓前十字记"。

甲：墓在别的地方还有吗？

乙：不知道，我觉得有。

甲：十字架上也有铭文呢，写的是"十字圣架万世瞻依"。

丙：（在远处说）你们站着别动，我给你们拍张照。

四人站在十字架前，不自然地沉默了几秒。

最后一瞥

村田君和波多君离开后，我抽着烟，来到了凤阳号的甲板上。灯火通明的码头已无人影。对面的马路上，有几幢三四层的砖瓦房耸入夜空。这时，一个苦力走过眼下的码头，地上投射出他清晰的影子。要是和他一起走的话，就能走到之前我去取过护照的日本领事馆的门前。

我沿着静静的甲板，向船尾方向走去。从这里眺望下游，外滩的马路上，点点街灯闪闪发光。不知从这里能否看到横跨苏州河口、白天车水马龙的外白渡桥。桥畔的公园里，虽看不见新吐的绿叶，但隐约可见那有一片树林。上次我去那儿的时候，在有喷泉的草坪上，一个身穿工部局①红色号衣②的驼背中国人，正在捡地

---

① 工部局：即市政委员会，是清末列强在中国设置于租界的行政管理机构。
② 号衣：在衣领或背后印有字号或姓名的半截式外褂。

上的烟盒。不知公园的花坛里，郁金香和黄水仙还在灯光下盛开着吗？穿过那里走到对面，应该就能看见带有宽阔庭院的英国领事馆和正金银行①。从那里沿着河岸直走，往左拐进一条弄堂，便能看到兰心大剧院。入口的石阶上，就算还立着喜歌剧的广告牌，这时恐怕也没人去了吧。这时，一辆汽车沿着河岸径直驶来。玫瑰、丝绸、琥珀项链……这些东西在眼前一闪而过。他们一定是去卡尔顿咖啡厅（Calton Café）跳舞的。然后在一条林荫小道上，有人哼着小曲，蹬着皮鞋走过来。

"Chin Chin Chinaman②（中、中、中国佬）"——我把烟头扔向黑暗的黄浦江，缓缓走回船厅。

船厅里也已经没人了。唯有铺着地毯的地板上，盆栽兰花的叶子闪耀着光芒。我靠在长椅上，陷入了回忆里。——我去拜会吴景濂③氏时，他那剃成寸头的大脑门上，贴着块紫色的膏药。他向我抱怨说："头上长了个脓包。"那个脓包不知道好了没。——和醉步蹒跚

---

① 正金银行：全称横滨正金银行，日本的外汇专业银行，后改名东京银行。后与三菱银行合并，成为现在的三菱日联银行。

② Chinaman：对中国人的蔑称。

③ 吴景濂（1873—1944）：著名政治家。

的四十起氏，一起走在黑灯瞎火的街道上，我们头顶上方，正巧有一扇四角小窗。窗里的灯光，斜照向乌云密布的天空。窗边有个像小鸟一样的年轻中国女子，在看着我们。四十起氏指着她告诉我："那就是广东美人。"今晚，那女子可能又会像那样探出头来吧。——在绿树成荫的法国租界里，我们坐在马车上轻快地走着，前方有一个中国车夫牵着两匹白马走过来。其中一匹，不知何故，突然躺倒在地。"那马是因为背上痒痒了。"同行的村田君解开了我的疑惑。——回忆着这些事，我把手伸进夹衣口袋里掏烟盒。然而掏出来的，不是黄色的埃及烟盒，而是昨晚放进口袋忘了拿出来的京剧戏单。同时，不知什么东西从戏单里掉到了地上。那是—— 一瞬间之后，我从地上拾起了已经枯萎的白兰花。我拿近嗅了嗅，已经连香味都没有了。花瓣也变成了褐色。"白兰花、白兰花"——这卖花人的叫卖声，也只能残留在记忆里了。白兰花在南国美人的胸前散发着清香，如今回想起来也仿佛是梦境。我感到自己可能会沉浸在这感伤之中，便赶紧将这枯萎了的白兰花扔到了地上。随即点燃一支烟，开始看临行前小岛氏赠予我的玛丽·斯特普斯^①的书。

大正十年（1921年）八月—九月

---

① 玛丽·斯特普斯（1880—1958）：英国节制生育的提倡者。

江南游记

前言

昨日清晨，我从本乡台往蓝染桥①散步。下坡时，有两个年轻绅士迎面上坡。我也有一些男性的浅薄，擦身而过的若非女性，我是不会注意到路上的行人的。而这次，不知为何，在对方离我还有十几米的时候，我便留意起对方的风采来。特别是其中一位，身穿浅蓝色西装，外面套着一件防水大衣，瓜子脸上气色极佳，再配上一根银色的细手杖，看起来十分潇洒。两个人聊着天，慢悠悠地走着。——正当他们从我身旁走过时，我意外地听到了"哎哟"这个语气词。哎哟，我欣喜若狂。我并不是为他们是中国人而感到惊讶，而是这句偶然听到的"哎哟"勾起了我的许多回忆。

我想起了北京的紫禁城，想起了浮在洞庭湖上的君

---

① 本乡台、蓝染桥均为东京地名。

山，想起了南国美人的耳朵。想起了云冈、龙门的石窟，想起了京汉铁路上的臭虫。我想起了庐山的避暑胜地、金山寺的塔、苏小小的墓、秦淮的小饭馆、胡适氏、黄鹤楼、前门牌香烟、梅兰芳演的嫦娥。同时想起了我因肠胃病而中断了三个月的游记。

我回头望了望他们。他们依旧聊着天，慢悠悠地走在霜后初晴的坡道上。可是那句"哎哟"，现在还在我的耳边回响。他们是从哪间公寓里出来的，又要向何处去呢？他们中的一人，说不定像《留东外史》^①里的张全那样，把女学生带到户山原^②的杂树林里约会也未可知。而另一个，就像小说里的王甫察一样，有相好的艺伎。我想象着这些对他们不太礼貌的事，走到了蓝染桥车站。坐上开往动坂方向的电车，返回田端^③的家中。

回到家一看，有大阪每日新闻社发来的电报。内容是"请您寄文稿过来"。我多次给薄田氏添麻烦，感到非常抱歉。不过说实话，虽说这样很对不起人家，可我肠胃

① 《留东外史》：从 1916 年 5 月开始出版的以中国留学生在日生活为内容的小说。
② 户山原：东京新宿区的旧地名。
③ 动坂、田端皆为东京地名。

三天两头犯毛病，要不就是连续好几天失眠，或是没有灵感，总有无法写稿的时候。我看到这封电报时，便决定明天就把《上海游记》的续篇写出来。哎哟！这声音久久回荡在我脑海里，于薄田氏于我，都是意外的幸事。

我所知道的中文词汇，总共也不过二十六个。而其中一个，竟然偶然被我听到，带给我灵感，说得夸张点，这简直是天赐的恩惠。不过，要是站在读我拙劣作品的读者角度来看的话，这可能是一种天灾。不过若将其看作天灾，读者也就正好对我死心了。如此说来，我和读者彼此都应互相感谢我能听到这声"哎哟"。这便是我在正文前加上这段前言的原因。

车上

我坐上开往杭州的火车后，乘务员过来检票。这位乘务员身穿橄榄色的制服，头戴镶着金线的大黑帽。看起来不如日本的乘务员机灵。当然，这么想也只是我的偏见在作祟。连对乘务员的风采，我们都习惯用自己心中的标尺去衡量。我们认为，英国人若不严肃正经就不是绅士，美国人若没有钱就不是绅士，而日本人——既然写了游记，若是不落乡愁之泪，不陶醉于沿途的美景，不摆出一副游子的姿态，就不是绅士。我们不能在任何时候，都被这种偏见所左右。——我在这位乘务员慢悠悠地检票时，发表了这番关于偏见的言论。当然，我并不是对着中国乘务员大放厥词，我这番言论，是说给同行的村田乌江君听的。

无论火车开了多久，窗外的景色永远都是菜田和开满紫云英的田野。其间不时会有羊和磨坊出现。或是突然出现了一头大水牛，慢吞吞地走在田埂上。五六天前，我与村田君一起在上海郊外散步时，也有一头水牛冲出来挡住了道路。要是在动物园的栅栏里看到水牛也就罢了，可是这么大的庞然巨物突然出现在我眼前还是头一回。我受到了惊吓，不由得后退了半步。村田君立马嘲笑我："真是个胆小鬼。"今天我自然是没有大惊小怪的。不过水牛并不多见，我正想说："快看，那儿有头水牛！"又想还是算了吧，便做出泰然自若的神情。这一瞬间，村田君也肯定觉得我已经成了中国通了，对我感到佩服吧。

车厢被分成一个个小间，每个小间可坐八人。我们这间只有我们两个人。小间正中的桌子上放着茶壶和茶杯。不时还有穿着绿色制服的乘务员给我们递来热毛巾。乘车体验并不差。不过我们当时坐的是一等座。说起这一等座，曾几何时我从镰仓坐过一次一等座，同车厢里还有一位皇族，当时整个车厢只有我们两人，真是不胜惶恐。不过我不记得当时手里拿着的，是一等座的票还是三等座的票了。

车上（接上篇）

不知不觉，火车已驶过嘉兴。不经意间向窗外望去，临水的人家之间，耸立着高高的石拱桥。两岸的白壁清晰地倒映在水中。三两艘南画中见过的小船系在岸边。当我透过初吐嫩芽的柳枝眺望到此番风景时，突然产生了一种我也是中国人的心境。

"快看，那里有座桥。"

我自豪地说道，心想，如果是桥的话，不会像水牛一样被瞧不起吧。

"是啊，有座桥。那种桥挺不错的。"

村田君马上表示赞成。

那座桥消失在视线里之后，一大片桑田映入眼帘。桑田的对面，是画满了广告的城墙。古色苍然的城墙上，用油漆涂满了栩栩如生的广告，这是现代中国的流行风格。无敌牌牙粉、双婴孩香烟——像这种牙粉和香烟的广告，沿途经过的车站无处不见。中国到底是从什么国家学来的这套广告术呢？答案就在这随处可见的狮子牌牙膏和仁丹等等恶俗不堪的广告里了。日本在这一点上，对邻邦可谓是极尽"厚谊"。

车外依旧是菜田、桑田和紫云英田。有时在松柏之间能看到一座古冢。

"看，那儿有坟墓。"

这次，村田君没有像看到桥时那样回应我的兴奋。

"我们在同文书院的时候，经常从那种坍塌的古墓里偷出头盖骨来呢。"

"偷来做什么？"

"当玩具啊。"

我们喝着茶，谈论着烤焦的脑髓可用来治肺病、人肉的味道与羊肉相近等野蛮的话题。不知何时，车外的结了豆荚的油菜花上，已经洒满了落日的余晖。

杭州一夜（上）

　　到达杭州车站，已是晚上七点。火车站的栅栏外，海关工作人员正在昏暗的灯光下等候。我将红色皮包拿到工作人员面前。包里塞满了我随意放进去的书、衬衫、酒心巧克力等物品。工作人员一脸无奈地将我的衬衫一一叠好，捡起掉在地上的酒心巧克力，开始帮我重新整理皮包。至少在我看来，例行检查之后，我的包里整齐了许多。当他用白粉笔在我的皮包上画了一个圈时，我用汉语对他说了声"多谢"。不过他连看都没看我一眼，还是一脸无奈的表情，开始整理下一个包。

　　那里除了车站的工作人员之外，还有许多旅馆揽客的。他们一看到我们，就开始叫嚷起什么来，手里挥舞着小旗，硬塞给我们彩色的广告单。不过，我们怎么也找不到预定好的、新新旅馆的旗子。于是，脸皮厚的揽客者们开始滔滔不绝地说着什么，手伸过来要接过我们的皮包。无论村田君如何高声叱责，他们毫无畏缩之色。而我，就像麻雀山上的拿破仑一样，悠然地睥睨着他们。不过几分钟之后，穿着一身怪异西服的新新旅馆揽客人出现在我们面前时，说实话我是欣喜的。

我们听从揽客人的指示，坐上了车站前的黄包车。车把刚一抬起，车夫便拉着我们冲进一条狭窄的小路。路上几乎是漆黑一片。地上的石板路凹凸不平，车子颠簸得厉害。其间应该是经过了一家戏院，听到一阵嘈杂的敲锣声。不过，过了那家戏院之后，便再也听不到一点人的说话声了。在微暖的夜里，街上只能听到我们乘坐的黄包车的声音。我衔着雪茄，突然有一种置身于《一千零一夜》的童话世界里的浪漫感觉。

不久，道路逐渐变得开阔。不时能看到门口亮着电灯的白墙府邸。——这么说可能有点言不尽意。开始是在黑暗中隐约浮现出白色的物体，接着变成一道白墙，耸入无星的夜空中。再然后，能看到墙上有一扇细长的门。门口的电灯，将红色的门牌照得透亮。——这时，从门口往里看，还能看到一个个亮着灯的房间、对联、琉璃灯、盆栽的玫瑰，有时还能看见人影。这一闪即逝、明亮宅邸的内部，是我从未见过的、让人难以想象的美丽。那里有我不知道的、秘密的幸福。总感觉那里可能会有苏门答腊的忘忧草、吸完鸦片后能看到的白孔雀。自古以来，中国的小说里就常有深夜迷路的孤客借宿于金碧辉煌的豪宅，次日清晨醒来一看，发现高楼大厦原来是草木丛生的古冢，或是深山之狐的洞穴。——这类故事比比皆是。我在日本时，原以为这类鬼狐奇谭只是空想出来的故事。结果今日见到此番景象，心想那即便是空想，也是扎根于中国的都市和田园的夜景的。出现在深夜里的、灯火通明的白壁宅邸，——对于这如梦般的美轮美奂之景，古今的小说家们也定与我一样，感受到了某种超自然的存在。这么说来，刚才看到的那座府邸的门上，挂着"陇西李寓"的门牌。说不定在那门内，古风依旧的李太白，正望着虚幻的牡丹，频倾玉盏也未可知。如果我能遇到他，有很多事想问他。《太白集》的哪个版本是正确的？对于朱迪思·戈蒂埃翻译的法语版《采莲曲》，他是会忍俊不禁，还是大发雷霆呢？对胡适、康白情等现代诗人的白话诗，他是怎么看的呢？——我在想这些不着边际的事情时，黄包车已经拐过小巷，来到一条宽阔的马路上。

杭州一夜（中）

　　这条马路的两侧，灯火通明的店铺鳞次栉比。但是因为没什么人，所以并不热闹。反而由于马路宽阔，更给人一种新城区独有的寂寥之感。

　　"这是城外的街道，这条路的尽头就是西湖。"

　　坐在后面那辆黄包车的村田君告诉我。西湖！我眺望着路的尽头。可就算是西湖，被封锁在这无尽的黑暗之中，也还是什么都看不见。不过从那遥远的黑暗中，吹来一阵凉风。让我觉得我好像是来到了月岛①上，来赏十三夜的月亮。

　　车子又往前跑了一点，终于来到了西子湖畔。那里有两三家亮着灯的旅馆。不过，这也像刚才那些店铺一样，明亮徒增了寂寥之感。在微白的道路左侧，西湖铺

————————————

① 月岛：东京都中央区月岛，可看到东京湾。

开昏暗的水面，寂静无声。在这宽阔的街道上，除了我们二人的车以外，连条狗都没有。我想在亮如白昼的旅馆二楼眺望来往的行人，我想念晚饭、床铺、报纸，总之，我开始想念起"文明"。不过车夫仍然默默地拉着我们走着。路上依旧没有行人，好像怎么也走不到头。旅馆也——旅馆已经在远远的身后了。现在只有一排排形似杨柳的树，整齐地排列在湖边。

"喂，村田，新新旅馆还有多远啊？"

我回过头，对村田君说。村田君的车夫可能是猜到了我话的意思，抢在村田君的前面回答道："十里！十里！"

我心凉一地。还要再走十里的话，还没到新新旅馆，恐怕天都要亮了。看来今晚是吃不上晚饭了。我再次可怜地对村田君说："还有十里才能到啊，我都饿了。"

"我也是。"

村田君坐在车上抱着胳膊，恬然地抽着烟。

"十里不算远，这是中国数字的十里……"

我终于放下心来。但是，过了一会儿又沮丧起来。就算六町①相当于一里，十里也有六十町呢。黑夜里饿着肚子，还要在车上颠上一日里②，任谁都不会开心的。为了消解心中的沮丧，我开始反复背诵起以前学过的德语语法来。

　　从名词开始，背到强变化动词时，偶然往四周一望，不知何时起，道路又变得狭窄，且马路两旁的树木也茂密起来。最令人不可思议的是，有硕大的萤火虫，在树木间飞舞。说起萤火虫，在俳句里就是夏天的季题。但是，现在才四月，那萤火虫还是让人感觉有点怪异。再加上不知是否是周围很暗的缘故，萤火虫的光环每闪烁一次，总感觉是鬼灯在闪。看到这蓝光，我总有一种看到磷火的感觉，心里瘆得慌。同时，又再一次沉浸在浪漫的情调之中。不过最关键的西湖的夜色，却被房屋的阴影挡住了。路左边的树木那边，变成了一道长长的土墙。

　　"这里是日本领事馆。"

---

① 町：日本的度量单位，一町约合 109 米。
② 一日里为三十六町，约合 3900 米。

村田君说完这话，车子突然出了树林，开始下一个缓坡。于是，泛着微光的水面缓缓出现在我们面前。西湖！这一瞬间，我有一种仿佛置身于西湖之中的感觉。烟波渺茫、一望无边的水面上，一道狭窄的月光从云缝中倾泻而下。斜跨在水面上的，不是苏堤就是白堤。堤上有一处三角形隆起，那便是双孔石拱桥。这银黑交织的美景，在日本是无法见到的。我在摇晃的车上，不由得挺直了身体，久久地注视着西湖。

杭州一夜（下）

　　不到十分钟之后，我们到了新新旅馆。这里既然叫"新新"，好歹是家西式旅馆。但是，跟着中国的服务员走上里面狭窄的楼梯，来到我们的房间一看，不知道是不是瞧不起日本人，二楼的房间看着并不好。首先，狭窄的房间里并排放了两张床，这是典型的中式旅馆的做法。其次，最关键的房间的位置。这间房正好位于旅馆后面的一角，想着坐在房间里眺望西湖，怕只能是一种奢望了。不过舟车劳顿，又饿着肚子，这一路还被浪漫情怀折腾得疲惫不堪，当我坐到房间里的椅子上时，才总算是找回了魂儿。

　　村田君马上吩咐服务员准备晚饭。不过他说，食堂已经打烊，西餐是做不出来了。于是我们要了中餐。然而看着服务员端上来的盘子，里面看着倒像是些剩菜。

不过按照东京的中餐馆偕乐园的老板的说法，有一道叫"全家宝"的中国菜，就是把剩菜都放在一起。看着这菜，我有点吃不下，便问村田君这几道菜里有没有全家宝。"全家宝可不长这样。"村田轻蔑地说道。水牛之后，还是头一回。

我们吃饭时，服务员好奇地盯着我们看，还一直在絮叨些什么。让村田君给我翻译一下才知道，他说的是，如果我们有中间带孔的银币，能否给他一枚。我们问他要银币做什么，他说用来做西服马甲上的扣子。这可真是个奇思妙想。往他衣服上一看，原来他马甲上的纽扣，用的都是中间带孔的银币。村田君喝着啤酒，无聊地向他保证道，把这衣服拿到日本去，肯定能卖五十钱。

我们吃完饭，来到楼下的大厅。除了墙上的相框和一些廉价的家具外，大厅里空无一人。不过走出大门一看，石阶上的桌子旁，五六个美国男女，正在一边喝酒一边大声唱歌。特别是一个秃头的男人，搂着女人的腰，每次一领唱，就差点连人带椅一起摔倒在地。

大门左边，有一个玫瑰花棚。我们在其下驻足，仰头欣赏细叶间缠绕的玫瑰花。花儿在遥远的灯光下，散发清香。刚觉得怎么花瓣上亮晶晶的、有点湿了，原来是天空下起了蒙蒙细雨。玫瑰、细雨、孤客的心——眼前的景色写成了一首诗。但一步之遥的大门内，喝得酩酊大醉的美国佬正在高声喧闹。此时的我，实在无法像《天鹅绒之梦》的作者谷崎润一郎那样，生出浪漫的情调。

　　这时，从旅馆门外，四个轿夫静静地抬着两顶轿子走了进来。轿子停在门口，首先从轿子里出来的，是一位穿着考究的中式服装的老人。接着走下来的，——我说实话，顶多算是个姿色平平，甚至可以说是丑的少女。不过她身穿青瓷色的缎子衣裳，水晶耳环闪闪发光，确实有些优雅的韵味。少女听从老者的指示，跟着前来迎接的旅馆掌柜，进了旅馆。老人留在后面，吩咐恰好过来的服务员给轿夫付钱。看着这幅情景，我再一次改变了心意。如果是这番情景的话，似乎我也可以像谷崎润一郎氏那样，心生浪漫的情调了。

　　可是最后，命运还是给我的浪漫以致命一击。此时，那位秃头的美国佬，正摇摇晃晃地从石阶上走下来。他的同伴喊他，他一面做了个奇怪的手势，嘴里回了句"bloody（该死的）"。上海的洋人，总是用这句可恶的"bloody（该死的）"代替"very"。这已经让人很不悦了。谁知，他跟跟跄跄地走到我们旁边停下，背对着大门，竟旁若无人地撒起尿来。

什么浪漫主义，永别了。我和稍有醉意的村田君回到无人的大厅。心中燃起了十倍于水户浪士①的攘夷精神。

———————————

① 水户浪士：水户，日本尊王攘夷运动的中心。浪士，日本幕府时代脱离藩籍，到处流浪居无定所的日本武士。

西湖（一）

　　旅馆前的栈桥上，朝阳斑驳，树影婆娑。那里系着一艘画舫，等着我们上船。

　　画舫这名字，倒是挺风雅。只是这画舫上的画究竟在哪儿，我至今还没弄明白。不过是一艘挂着白色棉遮阳布、装着黄铜扶手的普普通通的小船罢了。这画舫——既然别人告诉我这是画舫，那今后我也就这么称呼它了——载着我们，在一个看着很和善的船夫手中，缓缓地向湖中心驶去。

　　水没有想象的那么深。透过漂着浮萍的水面，水底初吐嫩芽的莲花清晰可见。我原以为只有在近岸的水面才可以看到莲花，后来发现无论船行到哪儿皆如此。总体给人的感觉不像是个湖，倒像是个巨大的水田。一问才知道，这西湖的水如果听之任之的话，很快便会干涸，为了不使湖中的水外流，倒是煞费了一番苦心。我靠在船边，拿着村田君的手杖往浅浅的湖底里捅，不时会吓到游荡在海藻间形似虾虎鱼的鱼儿。

我们的画舫对面，从日本领事馆到浮出水面的孤山之间，有一条长堤相连。从西湖全景图来看，这应该就是白乐天当年修建的白堤。从石版印刷的图上，还能看到柳树之类的，可能是重修时都被砍掉了，现在只剩一道寂寞的沙堤。堤上有两座桥，靠近孤山的那座叫锦带桥，靠近日本领事馆的那座叫断桥。断桥残雪是西湖十景之一，前人留下了不少诗词歌赋。现在桥畔的残雪亭中，还建有清圣祖的诗碑[①]。此外还有杨铁崖的"段家桥头猩色酒"、张承吉的"断桥荒藓涩"，吟咏的皆为此桥。我能知道这些好像显得我很博学，其实这些都是从池田桃川氏的《江南的名胜史迹》中看到的，所以没什么值得骄傲的。首先那断桥，啊，原来这就是断桥啊，我只是远远地发出了一声感慨，船并没有向它靠近。白色的长堤横亘在浮萍稀疏的湖中，走近一看，一长辫老人挥着柳鞭，悠然策马而行，实乃诗中之景。乐

---

① 清圣祖的诗碑：清圣祖康熙的诗碑在湖中岛三潭上，这里应该是乾隆的诗碑，芥川弄错了。

天有吟咏西湖的诗句"半醉闲行湖岸东，马鞭敲镫辔珑璁。万株松树青山上，十里沙堤明月中。"眼前之景与诗中虽有昼夜之分，但我仿佛体会到了诗中的心境。当然，这首诗也与吟咏断桥的诗一样，引自池田氏的书。

画舫穿过锦带桥，向右拐去。右边便是孤山。西湖十景之一的平湖秋月，便是这一带的景色。无奈现在是晚春的上午，便看不到"平湖秋月"的美景了。孤山上有富贵人家的豪宅，巨大的门和白墙一个接着一个。大是大，看着却有点俗气。驶过此处之后，眼前竟意外地出现了一栋高雅的三层建筑。无论是临水的大门，还是左右的石狮，全都美不胜收。我正思忖着这是何人的府邸，没承想这正是乾隆帝的行宫、名扬四海的文澜阁。这里和金山寺的文宗阁（镇江）、大观堂的文汇阁（扬州），各藏有一部《四库全书》。而且它的庭院十分气派，我们登岸想进去一看，谁知这里并不开放给我们这些普通人参观。于是我们只好沿岸走去孤山寺（今广化寺）看看，然后再去俞楼。

俞楼是俞曲园的别墅。规模虽不大，却是个不错的住处。因是苏东坡的遗址而得名的"半坡亭"，亭子后面竹与龙常草丛生，其间有一长满水藻的古池，甚是闲寂。登上池畔一看，九曲回廊的尽头，有一嵌在墙上的石雕。那便是彭玉麟为曲园所作的《梅花图》。也就是本乡曙町谷崎润一郎府邸二楼挂着的那幅骇人的梅花图的原画。我们参观完九曲回廊上的小轩——看匾额应该是叫"碧霞西舍"，再一次回到山下的半坡亭。亭子的墙上，挂了满满一墙曲园、朱晦庵、何绍基、岳飞的拓本。因为拓本实在太多，反而没有特别想要的了。亭子正面，挂着一幅装裱精美的曲园像。我喝着这家主人端来的茶，端详着曲园的面相。章炳麟氏的《俞先生传》中写道（此处不是间接引用他人著作），"雅性不好声色既丧母妻终身不茹食"。他的面相里多多少少有点这意思。"杂流亦时时至门下此其所短也"——这么说来确实有点俗气。不过这俞曲园或许正是因为这点俗气，才得了这么一位为他建造此间别墅的了不起的弟子。而一点俗气不沾、如玉般明澈剔透的我们，别说是住上别墅了，还得靠卖文来糊口呢。我端着一碗玫瑰花茶，托腮发着呆，对荫甫①先生产生了些许鄙夷。

———————

① 荫甫：即俞曲园。

西湖（二）

　　随后我们去看了苏小小墓。苏小小是钱塘名妓，后人甚至用苏小小指代歌妓，其墓自然也是声名远扬。然而今日亲眼一看，这位唐代美人①的墓，只不过是一个盖着瓦顶、涂着灰漆、毫无诗意的土包。特别是墓的周围，由于西泠桥的修缮，被破坏得很厉害，十分萧索。我少时爱读的孙子潇的诗中，有这么一句："段家桥外易斜曛，芳草凄迷绿似裙。吊罢岳王来吊汝，胜他多少达官坟。"

　　可是如今，哪里有什么似裙的草色。只有被松过的土，静静地躺在阳光下。另外，西泠桥畔的路上，两三个中学生好像在唱着反日的歌。我和村田君匆匆地去看了一眼秋瑾女士的墓，便返回到岸边的画舫上。

---

① 实为南朝齐时期人。

画舫再次在西湖上划行，朝岳飞庙驶去。

"岳飞庙好啊，古色古香。"

村田君似乎在安慰我，谈起了他旧游的经历。不过，不知从何时起，我对西湖产生了一种反感。西湖没有我想象的那么美。至少我眼前的这个西湖，没有让我觉得流连忘返。湖水之浅前文已经提过。其次，西湖的自然风光，正如嘉庆、道光年间的诗人们所描写的那样，太过于纤细。这种纤细，可能对于看多了粗犷景色的中国文人墨客来说恰到好处。可是对于我们日本人来说，早已见惯了纤细的自然风光，美则美矣，再看就会觉得不满足。

不过，如果到此打住的话，西湖还算得上是个稍怯春寒的中国美人。但是这位中国的美人，却被湖畔随处可见的红灰相间、恶俗无比的砖瓦房留下了致命的病根。不单单是西湖，这种红灰的砖瓦房，像巨大的臭虫一样，在江南一带蔓延，将名胜古迹的风景全都破坏了。刚才在秋瑾女士的墓前看到这种砖瓦房的门时，我不仅为西湖鸣不平，更为秋瑾女士的在天之灵鸣不平。

写出了"秋风秋雨愁煞人"的名句，且殉身革命的鉴湖女侠的墓门，竟是这样的砖瓦门，实在让人觉得可怜。而且，西湖的庸俗化有愈演愈烈之势。

我想十年之后，湖畔鳞次栉比的西洋建筑中，每一栋里都有一个喝醉的美国佬，每一栋门前都有一个美国佬在站着小便。曾几何时我读德富苏峰先生的《中国漫游记》时，里面写道，若能做个杭州领事，在杭州悠然度过余生，实为人生一大幸事。别说领事了，就是让我做总督，我也不愿意。与其每天看着这烂泥塘，还不如回我的东京……

就在我攻击西湖的时候，画舫已经穿过了跨虹桥，来到了西湖十景的"曲院风荷"。这边没有砖瓦房，白色的围墙里杨柳依依，桃花尚未凋谢。左边赵堤的树荫里，生着青苔的玉带桥隐约倒映在水中，像是南田①画中的景象。船划到此处时，为了不让村田君误解，我对我的西湖论做了下补充。

"不过，虽说西湖无趣，但也不是一无是处。"

———————————

① 南田：恽南田（1633—1690），清朝画家，擅长山水画。

画舫划过了曲院风荷，停在了岳王庙前。我们马上下了船，去拜谒从《西湖佳话》里读到的岳将军的亡灵。庙呈八分新，新修的墙壁闪闪发光，而地上堆积成山的泥沙，暴露了正在维修中的丑态。当然，让村田君欣喜的古色古香的景色并没有出现。仿佛火灾过后的庙里，只有一些工人和泥瓦匠走来走去。村田君刚拿起相机，便马上失了兴致。

"这可不行，这儿完全不像个样子。——我们还是去墓那边看看吧。"

到底是名将之墓，岳飞墓比苏家丽人之墓大了不少。墓前立着一块苔迹斑斑的墓碑，碑上用粗笔写着"宋岳鄂王之墓"。墓后荒木丛生，对于并非岳飞子孙的我们来说，也只感到诗意，并未感到悲伤。我绕着墓踱步，生出了怀旧的心情。"岳王坟上草萋萋①"——好像有谁吟过这么一句诗。这里并非引自他人著作，我也不记得是谁写的诗了。

---

① 岳王坟上草萋萋：出自赵孟頫的诗《岳鄂王墓》。

西湖（三）

岳飞墓前的铁栅栏中，有秦桧、张俊等人的铁像。看像的姿势，他们的手都被反绑在身后。据说前来拜谒的人，对这些奸臣的所作所为深恶痛绝，所以要在他们的像上撒尿。不过所幸，没有哪座像是湿的。只是周围的泥土上，停着几只绿苍蝇，向远道而来的我，暗示着这里的不洁。

虽说古来恶人多，但像秦桧这般令人憎恶的还是少数。上海街头有卖一种棒状的油炸面点，我记得汉字是写作"油炸块"。据宗方小太郎①氏解释，这种面点的本名叫"油炸桧"，意思就是要油炸秦桧。说到底，民众只能理解单纯的事物。

在中国也是如此。

---

① 宗方小太郎（1864—1923）：日本肥后人，中国通。

关羽也好，岳飞也罢，这些众望所归的英雄，其实都是很单纯的人。或者说即便不是单纯的人，也是很容易被单纯化的人。只要不具备这一特色，无论是多么杰出的英雄，都难以流芳百世。例如，为井伊直弼①立铜像，是其死后几十年的事；而乃木大将②成为天神，却只用了不到一周的时间。所以这种英雄的敌人，极易遭人憎恨。这个秦桧也真是运气不好，抽中了这支下下签。其结果正如诸位所见，即便已是民国十年，还要遭此恶报。

我在今年1月的《改造》上，发表了一篇题为《将军》③的小说。不过好在生在日本，既不会被油炸，也不会被浇小便。只不过文章里部分文字被删，且被当局叫去喝了两次茶而已。

那么秦桧到底被世人憎恶到何种程度呢？接下来，为大家介绍清代景星杓所撰《山斋客谭》里的一个故事。

---

① 井伊直弼（1815—1860）：日本的近江彦根藩主、江户幕府末期的大老。
② 乃木大将：乃木希典（1849—1912），陆军大将、伯爵。明治天皇葬礼那天，乃木大将与夫人静子穿着白色和服，跪在天皇照片前，先后剖腹殉葬，追随恩主而去。
③ 《将军》：发表于《改造》1922年1月刊，文章讽刺了乃木希典。

◎

"几年前，我在扬子江岸的寺庙里借宿读书时，突然，邻居家的阿婆被鬼附了身。"

严晓苍说道。

"阿婆翻起白眼，瞪着全家男女，不断骂道——我乃冥道押使。今押秦桧鬼魂赴阎王殿，归来途中经过此处，不料被这该死的老太婆泼脏水弄脏了衣服。你们要是有所表示便罢，不然我就把这老太婆带到阎王面前去……

一家老小大惊失色。首先得确认附上阿婆身的，是否确为冥士，于是问了他许多问题。

阿婆依旧面不改色，爽快地回答了众人的问题。看来确实是鬼差无疑。——于是一家老小马上烧了纸钱、往地上洒了酒，用各种方法祈求。众所周知，冥界的衙役也同阳间的衙役一样，只要给点贿赂便可相安无事。

不一会儿，阿婆便"啪"地一下倒在了地上。马上又站了起来。想必附体的鬼差已经走了。她只是在东张西望。被鬼附体，这并不是什么稀罕事。不过这附在阿婆身上的鬼，在回答众人提问时，说出了一些阴间的事。

问：秦桧到底怎么样了？方便的话能告诉我们吗？

答：秦桧已经过轮回，转世投胎成一金陵女子。这次竟大胆犯下杀夫之罪，被处以磔刑。

问：不过秦桧不是宋朝人吗？经过金、元、明三朝才正其罪，是否为时太晚？

答：秦桧逆贼，肆意议和，妄杀忠良，穷凶极恶。天曹憎其罪恶，判处磔刑三十六次，斩首三十二次。共六十八次刑罚，轻易不能受完。

"故事大概就是这样。秦桧固然罪不可恕，可受如此刑罚，未免了太可怜了些。"

严晓苍乃严灏庭先生的曾孙。所言非虚。

西湖（四）

拜过了岳王庙，我们乘坐画舫，返回孤山东岸。那里，在槐树和梧桐的树荫下，有一家挂着"楼外楼"旗帜的酒家。据《读卖新闻》的游记上写，武林无想庵[1]夫妇来中国度蜜月时，曾在这楼外楼用过餐。我们也接受了船夫的推荐，决定在这家店前的槐树下，吃顿中式午餐。可我面前坐的，却是爱读押川春浪[2]的冒险小说，中学时代便离家出走，曾在军舰上当过杂役，经历过八月十日的旅顺海战的，傲骨凛然的村田君。我在等待上菜时，背着村田君，悄悄地羡慕起无想庵氏来。

如前所述，我们的桌子摆在树影婆娑的槐树下。桌前便是波光粼粼的西湖水。水波荡漾，拍打在岸边的石

---

[1] 武林无想庵：武林盛一（1880—1962）。小说家、翻译家。毕业于东京大学。大正九年（1920 年）五月前往中国度蜜月。
[2] 押川春浪：即押川方存（1876—1914）。明治时期的冒险小说家。其冒险小说深受日本青少年的喜爱。

头上，发出优美的声响。岸边有三个穿着蓝布衣服的中国人。一个在洗一只拔光了毛的鸡，一个在洗旧布棉袄，还有一人离得稍远，在柳枝下，悠闲地钓鱼。这时，男子突然举起钓竿。上钩的鲫鱼在空中活蹦乱跳。这番情景在春光中，颇给人一种恬静之感。而且，他们面前就是烟波缥缈的西湖。在这一瞬间，我忘记了砖瓦房，忘记了美国佬，陶醉在眼前平静的景色中，有一种置身于小说中场景的错觉。——晚春的阳光，照射在石碣村的柳树梢头。阮小二坐在柳树下，专心致志地钓鱼。阮小五洗好了鸡，回家去取菜刀。"鬓边插朵石榴花，胸前刺着青郁郁的豹子"的惹人喜爱的阮小七，还在洗旧棉袄。此时，正慢慢向他们走去的是——不是智多星吴用，而是一个挎着大提篮，平淡无奇的糖果小贩。他走到我们旁边，问我们要不要买太妃糖。到此梦境全部结束了。我像跳蚤一样，从《水浒传》的世界里跳了出来。天罡地煞一百零八将中，也没有一位卖太妃糖的豪杰。不仅如此，此时湖面上，四五个女学生，正划着一艘涂得雪白的小划艇，朝湖心亭的方向进发！

十分钟后，我们喝着老酒，品着生姜煮的鲤鱼。这时，又有一艘画舫停在了槐树的阴影下。上岸的客人是一男三女，还有一个分辨不出性别的婴儿。其中一个女人看打扮应该是奶妈或下人。男人戴着金框眼镜，（不知是何种机缘）是一个相貌与无想庵氏相似的大高个儿。后面跟着的两个女人，肯定是两姐妹。两人都穿着红蓝条纹相间的哔叽布料的衣裳。姿色至少比昨晚见过的少女胜出两分。我一边动着筷子，不时往他们那边望去。他们坐在隔壁桌上，正等着上菜。一桌人只有那姐妹二人在窃窃私语，不时瞟向我们。严格来讲，是因为村田君摆弄着他那相机，说要给我拍张照，这才引起了她们的注意，说来我也没什么好得意的。

"你说，那个姐姐是女主人吗？"

"是吧。"

"我可看不出来。中国的女人只要不超过三十岁，个个看起来都是未婚少女。"

我们在说这些话的时候，他们也开始吃饭了。

这个时髦的中国家庭兴高采烈地吃饭的样子，光是看着就觉得有趣。我点燃一支雪茄，不知疲倦地看着他们。断桥、孤山、雷峰塔——这些美景就都交给苏峰先生去讲吧。对我而言，比起明媚的山水，观察人不知道要快乐多少倍。

但是我也不能无休止地看着他们用餐。我们付完钱，打算去三潭印月看看，便火速上了画舫。从孤山望去，三潭印月正好在靠近对岸的岛附近。那座岛叫什么？在西湖全景图和池田氏的旅游指南中都没有记载。不过据说苏东坡出任杭州太守时，在岛附近修了三座石塔作为航标。月明之夜，石塔会在湖中投下三个影子——这一点确定无疑。小舟在平静的湖面上划了许久，终于停在了杨柳与芦苇深处，退省庵前的栈桥处。

西湖（五）

　　走上栈桥，有一道门。门内有一清澈的池塘，上面架着中式的九曲桥。既然俞楼的回廊叫曲曲廊，那么这座桥也就叫它曲曲桥好了。桥上随处可见精巧的亭子。过了桥便能看到波光粼粼的西湖水面上，赫然立着三座石塔。圆形石头上刻着梵文，塔顶像是戴了个斗笠，因此，这石塔看上去跟石灯笼无异。我们站在亭中，眺望着石塔，抽了两根中国烟。另外，我们聊了会儿俄国苏维埃政府的事，好像没有聊到苏东坡。

　　回到九曲桥头，我们遇到了四五个年轻的中国人。他们都打扮得精致，带着二胡或笛子。所谓长安的公子，大概就是这群人这样的吧。他们身穿淡蓝色或绿色的大褂，戒指上镶着闪闪发光的宝石。——与他们擦肩而过时，我逐一打量了一番。最后那位，几乎与小宫丰隆^①氏长得一模一样。后来，我在京汉铁路的火车上，看到过一个酷似宇野浩二的列车员；在北京的戏院里，见过一个像南部修太郎的杂役。这样看来，日本的文学家里，长得像中国人的还挺多的。不过因为这是第一次遇到这样的事，我竟想着，世上竟有如此相似的两个人，该不会小宫氏的祖先里有人是——这般失礼的事来。

写这些事的时候，仿佛天下太平。其实此刻，我正躺在床上，发着三十八度六的高烧。脑袋自然是昏昏沉沉的，喉咙也疼得厉害。不过，我的枕边放着两封电报。内容相差无几，都是催我交稿的。医生让我卧床静养。朋友们嘲讽我精力旺盛。不过既然动了笔，只要不发高烧，我还是要坐起来接着写我的游记。江南游记的下面几回，都是在这种情况下写成的。还认为芥川是等闲之辈的读者们，还是速改谬见为好。

我们参观完退省庵，回到刚才的栈桥。栈桥上，一个中国老人坐在鱼篮前，正与船夫说着话。再看一眼那

---

① 小宫丰隆（1884—1966）：德国文学研究家，毕业于东京大学德国文学系。与芥川一起师从夏目漱石。

鱼篮，里面竟然满满的都是蛇。一问才知道，这和日本的放生乌龟一样，每次给这个老人一点钱，他就会放生一条蛇。再怎么积累功德，掏钱放生一条蛇的日本人，恐怕一个也没有。

画舫继续载着我们，沿着岛岸，向雷峰塔方向驶去。岸边芦苇茂盛，几株河柳在春风的吹拂下，摇曳生姿。伸向水面的树枝上，觉得好像有什么东西在蠕动，一看才知道都是大鳖。不，要都是鳖倒也没什么好大惊小怪的。稍微往上方的树枝上一看，一条黄褐色泛着油光的蛇，半个身子缠绕在树枝上，半个身子悬挂在空中。我顿时感觉脊背发凉。这种心情自然是不愉快的。不久，船已绕过岛的一角，一水相隔，新绿葱葱的对岸，雷峰塔突兀地耸立其中。仰望雷峰塔的感觉，就跟在浅草花屋敷①仰望十二层的凌云阁无异。只是这塔的红砖墙上，爬满了满满一墙的蔓草，塔顶也杂木丛生。雷峰塔在太阳的照射下，如梦幻般耸立着，无比高大雄伟。红砖房要都是这样倒也罢了。说到红砖，雷峰塔为

---

① 浅草花屋敷：浅草寺旁的游乐园。

何是红砖建成的？——针对这一问题，旅游指南里特地写了一个故事解释了原因。这里说的旅游指南，不是池田氏写的那本，而是新新旅馆里卖的，英文版的西湖旅游指南。我本想写完这个故事就休息，可头实在是太晕了，确实是无法再多写一页了。后续且待明日，——不过这样断言也麻烦。要是真得了肺炎的话，明天也没法写了。

西湖（六）

　　旅游指南《Hangchow Itineraries（杭州游记）》上写道，距今三百七十多年前，西湖一带屡有倭寇来袭。不过对那些海盗来说，雷峰塔是个大麻烦。因为中国的官员，在塔上设置了瞭望哨。还没等倭寇到杭州，他们的一举一动已被中国一方尽收眼底。于是有一次，日本的海盗在雷峰塔周围放了一把火，烧了三天三夜。因此，雷峰塔在红砖还未开始烧制之前，就已经变成了红砖塔。——故事大概就是这样，当然，真假不能保证。

　　仰望了雷峰塔片刻之后，我们便向着新新旅馆的方向，——今天烧得没昨天那么高，嗓子也没那么疼了。照这个情况，不出两三天，我就可以坐在书桌前了。但是还要接着写游记，依旧让我觉得很麻烦。因为要压抑着这种心情去写，所以写不出什么像样的文章。不过，一天只要能写出一回，我就心满意足了。我们再回到文章上来。——仰望了雷峰塔片刻之后，我们掉转头，往新新旅馆的方向划去。

此刻展现在我们眼前的，是西湖的东岸一带。对面——新新旅馆的上方，绿色的石山据说是葛洪炼丹之地，声名远扬的葛岭。葛岭顶上有座庙，飞檐翘角，宛如一只展翅欲飞的小鸟。右边连绵不断的山——据西湖全景图所述是宝石山，山上别致的保俶塔清晰可见。此塔纤细挺拔的样子，与如老衲般的雷峰塔相比，正如古人所云，真可算得上是一名美人了。并且，虽然葛岭上云雾缭绕，可宝石山山顶上的草，在阳光的照耀下流光溢彩。群山脚下，有很多如我们下榻的旅馆一般的红砖建筑。不过，所幸的是，可能是离得远的缘故，这些建筑并不是很显眼。只有群山的斜坡处有一白线相连，那无疑就是我们早上经过的白堤了。白堤左边尽头处，虽看不见楼外楼的旗帜，但横卧着新绿一片的孤山。不可否认的是，这般景色实在是美不胜收。特别是，此刻湖面上漂浮着的菱叶泛着银色的光，遮掩了湖底之浅。

"现在我们去哪儿呢？"

"去放鹤亭看看吧。那是林和靖①住过的地方。"

"放鹤亭是哪儿？"

"就是孤山，就在新新旅馆的前面。"

大约二十分钟后，我们登上了放鹤亭。画舫穿过锦带桥，再横穿被白堤环绕的所谓里湖，才来到了这里。我们在青青的梅叶之中，游览了放鹤亭，也去看了位于更高处的林逋的巢居阁，还去了后面的"宋林处世墓"，果然也是个大土包。林逋无疑是位高人，但绝没有像日本的小说家那般穷过。根据林逋七世孙林洪所著的《山家清事》的记载，林洪的隐居生活是"舍三寝一读书一治药一。后舍二一储酒谷列农具山具一安仆役庖厨称是。童一婢一园丁二犬十二足驴四蹄牛四角"。若和靖先生也是如此，那比每月花五十日元租房的生活要富裕得多。如果我能在箱根附近置上主屋一间、库房一间，再配上书房、卧室、女佣房等，再加上书生一人、

---

① 林和靖：林逋（967—1028），字君复，宋仁宗赐谥"和靖"，后人称为和靖先生、林和靖，北宋著名隐逸诗人。

女佣一人、男仆两人，学一下林处士也不难。让仙鹤在水边的梅花上起舞，只要仙鹤同意，也可以办到。不过，如果是我的话，"犬十二足驴四蹄牛四角"是用不上的。这些全都白白奉上，凭君处置。——我看完放鹤亭之后，在回画舫的路上，发表了这番歪理。岸上柳絮飞扬，二三十个穿着白衣黑裙的中国女学生，成群结队地向西泠桥方向走去。

灵隐寺

　　我在新新旅馆二楼、稍微有些脏的房间里，写着几张彩色明信片。村田君已经睡了。昏暗的玻璃窗一角，一只壁虎赫然趴在那里，十分显眼。我实在不想看到它，便目不斜视地奋笔疾书。

　　致丰岛与志雄[①]:

　　今天去灵隐寺的途中，顺道看了看青莲寺。长方形的大水池中，有许多黑鲤鱼和红鲤鱼。据说这里号称"玉泉鱼跃"，这座寺庙便是以五色鲤鱼出名。说是五色，其实最多不过三色。临池的亭子里，放着藤椅和桌子。在那儿坐下，便有和尚端来茶和点心。但不是免费的。看起来像是和尚养鱼，其实是鱼养和尚。你可是能

---

① 丰岛与志雄（1890—1955）：日本小说家。是芥川在高中和大学的学长。与芥川一同创办了《新思潮》。

在染井的钓鱼池里钓上一整夜的豪杰，要是看了这寺庙里的鲤鱼，定能勾起你钓鱼的欲望。

致小穴隆一[①]：

去拜谒了灵隐寺，途中有一小石桥。桥下水声，如鸣佩环。两岸皆幽竹。翠色带雨，似媚人。这近乎石谷[②]之画境的美景，令我诗兴大发。然囊中无《圆机活法》，终未成一诗。不过未成反而是幸事也未可知。

致香取秀真氏：

灵隐寺很大。进大门后没走几步，就看到一座号称飞来峰的山。据说是天竺的灵鹫山飞过来的。（与其说是山，倒不如说是块大石头）那石窟中的佛像，据说是宋元时期做成的。我对佛像没有研究，辨不出好坏。好在石窟的一部分因连日下雨而浸水，也就不必进去参观了。今天也时时有雨。高大的杉树、柏树，长满青苔的

---

① 小穴隆一（1894—1966）：芥川挚友，画家。
② 石谷：王翚（1632—1717），字石谷，号耕烟散人、剑门樵客、乌目山人、清晖老人等。清代著名画家，被誉为"清初画圣"。

石桥。——这寺给人大体的感觉，就像中国的高野山。

致小杉未醒^①氏：

我去看了灵隐寺。松鼠爬上杉树的树干，给人一种山中古寺特有的闲寂。大概因为是雨天的缘故，涂成朱红色的大雄宝殿，看起来也庄重威严。传说中骆宾王曾在此处住过，或许只是个传说，但我觉得这倒像是真事。不知为何，这里的空气中，飘荡着骆宾王的气息。——你不觉得吗？顺便还想说说这寺庙里的五百罗汉。你应该已经看过了，这里至少有两百尊罗汉，和你长得一模一样。我可不是开玩笑，的确是和你非常像。据说这五百罗汉中还有马可·波罗的像，你的祖先不会就是马可·波罗吧？不过，在这千里之外的异国他乡，能与你相见，我非常开心。

致佐佐木茂索^②：

从灵隐寺归来的路上，造访了凤林寺。此寺又名喜

---

① 小杉未醒（1881—1964）：画家，号放庵。
② 佐佐木茂索（1898—1966）：小说家，记者。曾师从芥川龙之介。

鹊寺，是鸟窠禅师①曾住过的寺庙。这寺没什么好看的。唯有几个和尚，穿着灰色或是酱紫色的袈裟，诵经从廊下走过，像是在做法事。白乐天问鸟窠："何为佛法大义？"鸟窠答："诸恶莫作，众善奉行。"乐天又言："三尺童子亦知矣。"鸟窠笑曰："三尺童子虽知矣，八十老翁亦难行。"乐天随即叹服。如此轻易便叹服，想必鸟窠禅师也觉索然无味吧。寺门前有许多小孩，捧着剪纸画嬉戏。雨后夕阳甚美。

写完明信片，所幸壁虎也不见了。计划明天离开杭州。涌金门、回回堂——这些景观都来不及去了。我感到一丝寂寞。脱得只剩一件衬衣，打算钻到床上的毛毯里去。突然，我从床上一跃而起，"该死的畜生"，白色的枕头上，有一只围棋子般大小的蜘蛛。光凭这一点，西湖就不是个好地方。

---

① 鸟窠禅师（741—824）：禅宗高僧。俗姓潘，本号道林，法名圆修。

苏州城内（上）

　　我一骑上驴，它就一溜烟地跑了出去。地点是苏州城内。狭窄的道路两侧，照例挂满了招牌。本就狭窄的街道，还要走驴过轿，行人自然也是不少。我一手攥着缰绳，一时间不由得闭上了眼睛。这并不是因为我胆小。而是因为骑着驴在中国的石子路上行走，本就是一场冒险。没有体会过这番危险的读者，只要做好交罚款的心理准备，去东京的浅草商店街，或是大阪的心斋桥路，骑着自行车疾驰一圈便可。

　　我与岛津四十起氏刚刚抵达苏州。本打算上午就从上海出发，没承想一下睡过了头，没赶上原定的火车。——而且错过的不是一趟，而是三趟火车。害得岛田太堂①先生每趟车出发前都到车站来送我们，现在想

_____

① 岛田太堂：即岛田数雄（1866—1928），《上海日报》主笔。

起来，仍觉得羞愧无比。而且，岛田先生还特地作了一首七绝送我，实在是惶恐之至。

岛津氏骑着驴，意气风发地走在我前面。岛津氏不像我是初次骑驴，坐姿自然与我不同。我学着岛津氏的样子，几次提心吊胆地调整着骑术。结果掉下驴的，不是我这个弟子，而是师傅岛津氏。

狭窄的街道两侧——其实最初的几分钟，根本无暇去看两边有什么。几分钟过后，看见路两侧有几家装裱店和宝石店。装裱店里摆着山水、花鸟等正在装裱的画。宝石店里翡翠、玉、银饰等光彩夺目。每一样都唤起我对姑苏城美好的感受。只不过，如果不是坐在这驴背上，心情一定会更好。其实，一度路过一家刺绣店，墙上挂着绣了牡丹、麒麟的红布，我正要看个清楚，结果差点撞上一个拉胡琴的盲人。

虽说是骑驴，只要是平坦的道路，倒也不是无法忍受。可是一旦要过桥，因为都是拱桥，一不留神上桥时可能就会摔个屁股蹲儿，下桥也是，如果运气不好，可能就会从驴头上翻过去摔个倒栽葱。再加上桥之多，有姑苏三千六百桥，吴门三百九十桥之说。虽说实际数字可能没有那么多，但也不全是胡编乱造。碰到实在要过桥的时候，我便不光攥紧缰绳，还死死地抱住马鞍。尽管如此，过桥时我还是在稍脏的白壁之间，看到了涓涓流淌的运河水，在阳光下闪烁。

就这样艰难地走了许久，我们终于到了北寺塔前。据说苏州七塔中，可以登上去游览的，仅此一塔。

塔前的草原上，两三个老婆婆提着篮子在摘草。据旅游指南上说，这片草原以前是刑场。不过，九层高塔耸立，塔的白墙被阳光照得发亮，三五个穿蓝色衣裳的老婆婆在静静地摘草，眼前的情景颇有一种闲适之感。

我们下驴，走进塔最下层的入口。寺庙的男杂役在格子窗内守门。给他两毛钱后，他便把大门上的锁打开，做出请进的手势。通往二楼的楼梯口，满是灰尘味的黑暗中，亮着一盏煤油灯。但是当我们爬上楼梯，灯光便照不到了。

刚抓上楼梯上的扶手，就触碰到来此塔拜谒的成千上万的善男信女残留的手垢，一阵凉意袭来，让人退避三舍。不过，上到二楼，四面都有窗户，便不再黑暗。

塔内九层，都是桃红色的墙壁上放着金色的大佛。桃红色和金色——这种色彩的搭配，很有现代南国的情调。不知为何，我总觉得这塔里会有中国菜。

十分钟之后，我们从塔顶俯瞰苏州的街景。成片的黑瓦中点缀着鲜艳的白墙，比想象的远为宽阔。对面有一座披着霞光的高塔，据说那是孙权建造的著名的瑞光寺。（当然，如今的这座应该已经翻修过很多次了）城外处处波光粼粼、绿树成荫。

我靠在栏杆上，俯瞰塔下两头小驴吃草。驴旁是两个牵驴的小孩，并肩坐在石头上。

"喂！"

我大声叫他们。不过他们连头都没抬。——站在高塔上，不知为何有一种寂寥之感。

苏州城内（中）

我们看过北寺塔后，前去参观玄妙观。从我们刚才走过的满是宝石店的路上，往旁边一拐，便是玄妙观。观前广场上有许多小摊，跟上海的城隍庙类似。面条、包子、甘蔗、栗子——在这些食品摊之间，也有玩具摊和杂货摊。人自然是非常多。不过，与上海不同的是，这络绎不绝的人流中，几乎看不到穿西服的人。不仅如此，可能因为场地太过空旷，显得不如上海那般热闹。即便小摊上摆着五颜六色的袜子，空气中弥漫着韭菜的香气，头发梳得锃亮的两三个年轻女人，穿着明黄色或是淡紫色的长裙，故意扭动着屁股款款走来，我仍然觉得这里充满了寂寞的乡土气息。我想，当初皮埃尔·洛蒂①去拜谒浅草的观音时，一定就是这种心情了吧。

---

① 皮埃尔·洛蒂（1850—1923）：法国小说家。作品中的异国情调使他享有盛名。曾作为海军军官到访日本，并以此为背景创作了《菊子夫人》。

跟着人流往前走，尽头处有一个大佛殿。这佛殿大是大，可柱子上的红漆也剥落了，白墙上也布满了尘埃。再加上前来上香的人们也只是偶尔到这个佛堂里来，就显得更加荒废了。进去一看，里面挂满了石版的、木版的，或是手写的便宜字画，充斥着浓艳刺眼的色彩。但这些不是用来供奉的字画，全是待售的商品。我正想着店主在哪儿呢，只见昏暗的角落里，坐着一个小老头儿。不过这殿内除了这些挂轴字画，别说供奉的香花了，连佛像也没见着。

　　穿过大殿，只见聚集了许多人，围着两个光着膀子、拿着刀枪正在比武的男人。刀枪应该是没有开刃的，红缨枪和带钩的弯刀，在阳光的反射下，寒光四射，火花四溅，很是精彩。不一会儿，只见其中一个长辫大汉手中的枪被对方打落，他不断躲闪着对方的大刀，瞅准机会踢中了对方的腹部。对方握刀倒地，马上又一个筋斗，腾空翻起。——周围的观众们个个拍手叫好。病大虫薛永、打虎将李忠等英雄好汉，应该就在其中吧。我站在佛堂的石阶上眺望着他们，有一种置身于《水浒传》世界里的感觉。

《水浒传》——光这么说，可能有点言不尽意。说起《水浒传》，日本有《八犬传》《神稻水浒传》《本朝水浒传》等仿作。但是，没有一本作品，能传达出《水浒传》的真意。那么《水浒传》的真意究竟是什么呢？那是中国思想的闪光。天罡地煞一百零八位好汉，并不像马琴理解的那样全是忠臣义士。从数字上看，倒不如说是一个无赖团伙。但是，将他们结合起来的力量，绝不是向恶之心。记得好像是武松说过，豪杰义士都爱杀人放火。这句话说得再严谨一点，爱杀人放火的都是豪杰。不，说得再准确点，对豪杰义士而言，区区杀人放火算不了什么。也就是说，在他们之间，有着一种将善恶蹂躏于脚下的豪杰意识。模范军人林冲也好，专业赌徒白胜也罢，只要有这种精神，就是兄弟。这种精神，——或者说是一种超越了道德的思想，不只存在于他们的心中。这种精神，在古往今来的中国人心里，至少和日本人相比，远为根深蒂固，不可等闲视之。说"天下非一人之天下"之人，其实想说的是"天下非昏君一人的天下"。他们其实都想着取昏君而代之，使天下成为他们的，也就是豪杰一人的天下。再举一个例证，有句诗叫"英雄回首即神仙"。神仙自然既不是恶人，也不是善人。是飘浮于善恶彼岸、不食人间烟火之存在。对杀人放火不以为然的豪杰们，在这一点上，确实一回首就能成为神仙。若读者不信我说的话，那么去翻翻尼采的书吧。投毒的查拉图斯特拉，其实就是恺撒·博尔吉亚。《水浒传》不就是因为有武松打虎、李逵耍板斧、燕青精通相扑，才被千万读者所喜爱吗？磅礴于书中那豪迈的豪杰精神，立刻便让读者如痴如醉。

　　武器的声音再次令我瞠目结舌。二位豪杰在我思考着《水浒传》之时换了兵器。一人拿起青龙刀，另一人挥动着一把大刀，开始第二轮切磋。

苏州城内（下）

　　来到孔子庙时，已是日暮时分。我们骑在已经疲惫不堪的驴背上，来到杂草丛生的庙前大路上。目光穿过路旁寂静的桑田，便可看到瑞光寺淡白色的废塔，可见塔的每一层都长满了蔓草。空中，这一带多见的喜鹊飞来飞去。在这一瞬间，我产生了一种可以形容为"苍茫怀古意"的悲喜交加的心情。

　　所幸，这份苍茫万古之意，一直没有被辜负。我们在门口下了驴，行走在一条快被杂草覆盖的小路上，昏暗的杉树和柏树之间，有一个漂着浮萍的池塘。走近一看，池塘旁边还有一个戴着红条纹帽子的士兵，拨开芦苇和蒲叶，在拿着一张三角网捕鱼。据说这里是明治七年重建，宋朝名臣范仲淹始建的，江南第一文庙。如此想来，这里的荒废，不也代表了整个中国的荒废吗？不过对于远道而来的我而言，正是因为此等荒废，才令我产生了怀古的诗意。我到底是应该哀叹呢，还是应该欣喜呢？怀着这种矛盾的心情，我走过长满青苔的石桥，口中不禁吟出了这句诗："休言竟是人家国，我亦书生好感时。"——不过这句诗的作者不是我，而是远在北京的今关天彭①氏。

穿过黑色的礼门，在两侧有石狮的小路上走了一阵之后，有一道小的便门。进门需要给穿蓝布褂的看门妇女两毛钱。这个看上去十分贫穷的妇女，带着个十来岁的麻脸少女为我们带路，也真是怪可怜的。我们跟在她们身后，走在傍晚潮湿的石板路上，脚下唯有微微发白的荠菜花。石板路的尽头，耸立着一扇大门，叫作戟门。闻名遐迩的天文图和中国全景图的石碑也在这里，不过，由于周围太过昏暗，看不清碑面。入口处，陈列着太钟和鼓。礼乐之衰，何其甚哉！——现在想来实在滑稽，我怎么会对着那布满灰尘的古乐器，发出这样的感慨。

---

① 今关天彭：今关寿麿（1891—1970），汉学家。

戟门内的石板路上，也是荒草丛生。石板路的两侧，据说以前是文官考场。屋檐连绵，如同走廊，屋前有几棵粗壮的银杏树。我们和看门的母女一起，走上了石板路尽头处、大成殿的石阶。大成殿是文庙的正殿，因此规模宏大。石阶上雕的龙，黄色的墙壁，还有蓝底白字的殿名匾额。我在殿外看了一圈之后，窥视了一下稍暗的殿内。从高高的屋顶处飘来沙沙的声音，像是下雨一般。同时，一股异样的臭味扑鼻而来。

　　"那是什么？"

　　我急忙后退几步，回头向岛津四十起氏问道。

　　"那是蝙蝠，它们在屋顶上筑巢。"

　　岛津氏笑着答道。仔细一看，果然瓦片上也落满了黑色的粪便。听着它们扑动翅膀的声音，又看到这大量的粪便，究竟有多少蝙蝠在黑暗的梁间飞来飞去，想想就令人毛骨悚然。我从怀古的诗境中，一下跌落到戈雅①的画境里。

　　"孔子恐怕也拿蝙蝠没办法吧。"

----

① 戈雅（1746—1828）：西班牙画家。

"不不不，'蝠'和'福'同音，所以中国人都很喜欢蝙蝠的。"

我们再次骑上毛驴，穿过暮霭朦胧的昏暗小道，谈论着这个话题。在日本，江户时代蝙蝠也不是被嫌弃的对象，而被认为是干劲十足的动物。蝙蝠安①背上的刺青就是证据。但是西洋的影响如盐酸般，将江户本来的面貌腐蚀殆尽。说不定再过二十年，就会有评论家论证，诗句"蝙蝠出巢日，海滨纳凉时"是受到了波德莱尔的感化。这时候，毛驴一路小跑，脖颈上的铃铛丁零作响，疾驰在飘着新绿的清香、空无一人的小道上。

----

① 蝙蝠安：狂言《与话情浮名横栉》中的主人公。因其背上有大片蝙蝠刺青而得此名。

天平与灵岩（上）

来到天平山白云寺一看，依山而建的亭子的墙壁上，写满了许多反日的涂鸦。"诸君，尔在快活之时，不可忘了三七二十一条""犬与日奴不得题壁"等。（不过，岛津氏还是满不在乎地题了一首层云派的俳句）还有更加激烈的名诗："莽汤河山起暮愁，何来不共戴天仇。恨无十万横磨剑，杀尽倭奴方罢休。"这首诗的序中写道，在登天平山的途中，与日本人发生了争吵，因寡不敌众而败下阵来。愤慨至极，故作此诗。据说反日的宣传费用在三十万日元上下，如果这样就能见效的话，在抵制日货方面，这点广告费算是十分划算了。我眺望着栏外的嫩枫，在雨水的拍打下垂下了枝条，喝着寺庙里的年轻和尚端来带着抹茶清香的茶，嚼着硬邦邦的枣儿。

"天平山比想象的要好。要是能再干净点儿的话就更好了。欸，那山下佛堂里的拉窗，是镶着玻璃的吗？"

"不是，那是贝壳。每个木格子里都贴着薄薄的贝壳。——好像谷崎润一郎也曾写过天平山吧。"

"是的，在《苏州纪行》里。不过比起天平山的红叶，好像途中的运河更有趣。"

因为今天要登灵岩山，所以我们是骑驴来的。即便如此，沿着初夏的运河，走在姑苏城外的田间小道上，周围的美景实在是美不胜收。白鹅浮游的运河上，同样架着如太鼓般古色古香的石桥。河边道路上的槐树和柳树，在水中投下清晰的倒影。青色的麦田中间，有一个绽放着红花的玫瑰花棚。——这样的风景之中，点缀着几户涂着白墙的农家。最让人感到风雅的是，经过这几户农家时往里窥探，便见有少妇或少女，拿着针在做刺绣。年轻的姑娘不在少数。不巧今天天气阴沉。若阳光明媚的话，透过她们的窗户，还能看到灵岩、天平两座青山，如画一般。

"谷崎先生好像也被乞丐所困扰呢。"

"任谁都会那样被困扰的。不过苏州的乞丐还算好的，你不知道我们去灵隐寺的那一天。"

我不禁笑了出来。灵隐寺乞丐之不同凡响，绝对超过了日本人的想象。他们故作夸张地捶着胸口，不断地磕着响头，把没有脚脖子的脚抬起来给你看，——总之，极尽乞丐之能事。然而在我们日本人眼里，未免有些用力过猛，不仅难以让人生出怜悯之情，反倒让人忍俊不禁。相比之下，苏州的乞丐只是哭而已，这么一来，给钱也给得爽快多了。可是，经过狮子山脚下一个不知名的寂静村庄时，因一不留神投了一文钱，结果全村的妇女儿童，全都向我们伸手乞讨，将我们的驴团团围住，让人好不为难。尽管窗外杨柳依依，窗内女子描鸾刺凤，也不应一味敬服于这表面的岁月静好。一墙之隔的村内，如同燕子筑巢一般，隐藏着令人恐惧的人间疾苦。

"我们去山上看看吧！"

岛津氏催促着我，开始爬亭后的山路。油光发亮的嫩叶中，一条细细的红土山路从岩缝中穿出，令人甚是欣喜。沿着这条路斜着向上爬去，只见前方一块巨大的岩石如屏风般立在我们面前。正想着这下可过不去了，却见岩石与岩石之间狭窄的缝隙中，有一条只能侧身而过的小路。这条小路直通青天。我伫立在岩石下，仰望着树枝和蔓草缠绕中、遥远的蓝天。

"卓笔峰和望湖台什么的，是在那山上没错吧？"

"应该是吧。"

"原来如此，看来这真是一条登天平路啊。"

天平与灵岩（中）

　　登上负有"万笏朝天"盛名的顶峰之后，沿着山路下来，在到达刚才的亭子之前，有一条横着的走廊。顺着走廊横过去一看，有一个被龙常草和玉簪花包围着的小池塘。顺着浅白色的水管，滴答滴答流入池中的，便是著名的"吴中第一泉"。池塘周围立着大大小小的石碑，上面刻着"白云泉""鱼乐"等名字，字上还细致地涂上了颜料。不过这"吴中第一泉"的水未免也太浑浊了。它与普通泥潭唯一的区别，就是它旁边立了些石碑。

　　不过，池塘前面有一个叫见山阁的地方，门口挂着中式灯笼，里头有崭新的丝绸被褥，要是能在里面睡个半日，那真是极好的。而且，倚着窗向外望去，山崖上的山藤随风摇曳，翠竹丛生。在稍远些的山脚下，那波光粼粼的，想必就是乾隆帝命名的高义园的林泉吧。

再往上望去，刚才登过的山顶的一部分，已经冲破了雾霭。我倚在窗前，仿佛自己是南画中的点景人物一般，故意摆出一副悠然的神态。

"天平地平，人心不平；人心平平，天下太平。"

"你在说什么？"

"这是刚才那墙壁上反日的涂鸦之一。你不觉得读起来还挺顺口的吗？天平地平，人心不平……"

看完天平山，我们再次骑上驴，往灵岩山灵岩寺走去。传说中，灵岩山上既有西施弹过琴的岩石，也有范蠡被幽禁过的石室。我自幼时爱读《吴越军谈》以来，西施和范蠡就一直是我喜欢的人物，所以，我一定要去看看他们曾到过的古迹。——话虽如此，当然我也有格外的小算盘。毕竟身负报社的使命，要写游记的话，与英雄美人有关的地方，自然是能多看一处是一处。这小算盘，被我从上海带到江南一带，甚至在我横渡洞庭湖的时候，也未曾离去。如果不是有这层任务在身，我的旅行会更接近中国人的生活，没有汉诗和南画的学究气，更像小说家写的东西。不过，现在可不是什么闲扯的时候。——我们还是要一心一意地前往灵岩山。

但是，走出去不到一公里，走着走着就没了路。周围杂草丛生的湿地上，长满了低矮的杂木。我正纳闷该怎么走，两个牵着驴的小孩儿也停下脚步，不安地说着什么。

"不知道怎么走了吗？"

我问岛津氏。岛津氏在我前方，骑在一头瘦驴上，犹如身陷乌江的项羽般，环视着周围的景色。

"好像是不知道了。那边有个老百姓。喂，问问看。"

不过这句问问看，是从牵驴的孩子口中说出的。既然前面有老百姓，那他一定是向那老百姓问路。我的推测不错，"问"就是日语"问答"里的问。我反应过来，立马对为我牵驴的孩子说："问问看！问问看！"

"问问看"就像秘密的咒语一般，马上为我们指明了道路。牵驴的孩子问到的路是，一直往右走，便能到达灵岩山的山脚。我们马上按照他指明的方向，掉转了驴头。不过，走了一两百米，不仅没走到大道上，反而走进了一条寂静的山谷。岩石磊磊之间只有一些细细的松树。加上洪水的冲击，有的松树被连根拔起。山腰上还有泥土崩坏的痕迹。更让人为难的是，沿着山谷往上走了一阵之后，驴子便走不动了。

"这驴子太弱了。"

我朝上看了看山，不由得叹了口气。

"别这么想，碰上这种事也挺有意思的。这山一定就是灵岩山了。没错，我们往上爬吧。"

岛津氏像是为了鼓励我，故意装出快活的样子。

"那这驴怎么办呢？"

"驴就让它们在这等着吧。"

岛津氏跳下驴，留下一个牵驴童子和两头驴，猛地向山中进发。当然，说是进发，前方并没有路，只是用手扒开野玫瑰和细竹，一个劲地向山上走去。我同另一个牵驴童子一起，不甘示弱地跟上岛津氏的步伐。不过，可能是由于我大病初愈，这样一爬马上就喘不上气了。刚爬了十来米，就有冷冰冰的物体打在我的脸上。刚反应过来，满山的树木开始摇曳起来。雨！我一边抓住细细的松树以防滑倒，一边朝山下望去。谷底，驴和童子已被细雨淋湿。

天平和灵岩（下）

　　终于来到了灵岩山，结果只是一座凄凉的秃山，顿时觉得不值得辛苦爬上来。首先，所谓的西施弹琴台，以及著名的馆娃宫址，不过是散落着几块裸露的岩石、寸草不生的山顶。这番景象，就是再伟大的诗人，也不可能像李太白那样，吟出"宫女如花满春殿"般的怀古之诗句吧。要是天气好的话，尚可眺望远处太湖的湖光水色，不巧今天是个阴天，无论往哪个方向看都只能看到一片模糊的云烟。我站在灵岩寺的朽廊里，听着潇潇雨声，望着七层废塔，别说想起古人的诗句了，我只感到肚子一阵饥饿。

　　我们在寺庙的一个房间里吃了些饼干，就当是午饭了。虽然肚子是填饱了，可是精力还没有恢复。我喝着带尘土味的茶，莫名觉得有些悲凉。

"岛津先生，能不能跟庙里的住持打个招呼，要点白砂糖来？"

"白砂糖？你要白砂糖做什么？"

"想吃一点，没有白砂糖的话红砂糖也行。"

吃完了一盘发黑的红砂糖之后，还是没能恢复元气。雨好像一时也停不了。从这儿到苏州，用日本的里数算，也要四五里的路程。一想到这些，我的心情越发沉重。甚至觉得胸膜炎快要复发了。

这种悲凉的心情，在下山的途中越发加重。风雨从昏暗的半空中向我们袭来。虽然我们是带着伞出的门，但是刚才把驴留在半山腰时，把两把伞也一并留下了。路当然是很滑的。时间大概已经过了三点。那天，我们遭受的最后的打击是，当我们回到山脚的村子时，却没有看到我们的毛驴。牵驴童子大声呼唤着同伴的名字，然而只能听到山谷的回响。我在狂风骤雨中，对着已经湿透的岛津氏说："毛驴不见了，我们该怎么办呢？"

"肯定在的，如果真不见了，那我们只能走回去了。"

岛津氏还是挺精神的。当然，也有可能是为了安慰我强装出来的。但是，听到这话，我心中不禁燃起一阵怒火。本来恼火这件事，也不是强者的专利。我此时发脾气，也是因为我是弱者。纵横天下的岛津氏和病体初愈、经常自己把脉的我——在对艰难困苦的忍耐方面，我与岛津氏无法相提并论。正因为如此，岛津氏那满不在乎的话语，激起了我心中的怒火。我在四个月的旅行中，仅这一次板着个脸。

这时，牵驴童子为了找驴，去了村外。我们站在一户农家门口避雨，等待童子回来。古老的白墙，满是石头的村路，在雨中泛着光的路边桑叶，除此之外几乎不见人影。我拿出手表一看，已经到了四点。雨，四五里的路，胸膜炎——除此之外，我还担心天黑。我不停地跺着脚，以防感冒。

一个老气横秋的中国人露出脸来，应该是这家的男主人。看他家里有一顶轿子。估计这男人的副业是轿夫。

"要不我们在这儿雇顶轿子吧。"

我强忍着怒火，问岛津氏。

"问问看吧。"

不过，虽然对方能听懂岛津氏的上海话，可惜岛津氏却听不懂对方的苏州话。经过几个回合的问答之后，岛津氏放弃了与他交涉。放弃也是没办法。不过，一瞬之后，我回头一看，岛津氏似乎一点儿没把我放在心上，他正悠然地打开他的笔记本，写着今天所得的俳句。我看到岛津氏此时的样子，感觉他就像微笑地看着罗马大火的尼禄一样，我真想和他大吵一架。

"做向导的要是不熟悉当地情况的话，还真是给彼此都添麻烦啊。"

我这找架吵的话，立马把岛津氏惹恼了。他生气也是理所当然的。现在回想起来，当时没被岛津氏揍一顿，真是不幸中的万幸。

"不熟悉当地情况？来之前我就告诉过你我不是很熟悉吧。"

岛津氏瞪着我。我也一边继续跺着脚，一边瞪着他。——这时我突然反应过来，如果要摆架子，就应该站直了好好摆。像我这样一边有礼有节地踏着机械的步子，一边摆架子，难免有损威严。

雨依然在下。我们始终没有听到毛驴的铃铛声。我们两个人都面色凝重，在寂静的桑田前站了许久。

寒山寺和虎丘

客：苏州如何？

主人：苏州是个好地方。要我说是江南第一。它不像西湖那样染了美国佬的气味，光凭这一点就十分可贵。

客：姑苏城外的寒山寺如何？

主人：寒山寺吗？寒山寺——你随便找个去过中国的人问问，肯定都说没什么意思。

客：你怎么看呢？

主人：我嘛，我也觉得很无聊。现在的寒山寺，是1911年由江苏巡抚程德全主持修缮的。无论是正殿还是钟楼，全都涂上了红漆，真是俗不可耐，这哪里还有"月落乌啼"的风采。再加上寒山寺坐落于城西一里外的枫桥镇，这个镇子毫无特色、脏乱不堪。

客：那岂不是没有任何可取之处了？

主人：要说它的可取之处，就在于它的一无是处了。因为寒山寺是日本人最熟悉的寺庙。无论是谁，只要游历江南，一定会去寒山寺一看。就算是没有读过《唐诗选》的人，也都知道张继的那首诗。据说程德全将其修缮的原因之一，就是很多日本人前来拜谒。为向日本表达敬意才倾力重修的。这么说来，这寒山寺变得俗气，里头也有日本人的责任。

客：可是，日本人不是并不喜欢那儿吗？

主人：好像是的。不过，那些嘲笑程德全愚昧的人，若是给西方人做事，也会跟程大人做同样的事吧。寒山寺就是一个现实的教训。这里面多少是有点意思的吧？特别是那寺里的和尚，一见到日本人就马上摊开纸，扬扬得意地写下"跨海万里吊古寺，惟为钟声远送君"几个大字。问过对方姓名后，又在下面添上"某某大人正"，一张卖一元钱。日本游客的真面目，从这里也可见一斑吧。更有趣的是，刻着张继诗的石碑有新旧两块。旧碑为文徵明所写，新碑为俞曲园所书。旧碑上的字，缺了不少。而这些缺失的字是谁所为呢？据说是热爱寒山寺的日本人。——从这点上看，寒山寺还是值得一看的。

客：那不是去瞻仰国耻吗？

主人：是啊。说不定这程德全，就是为了愚弄日本人才重修这寒山寺的呢。这不是讽刺，要是所有写中国游记的作者，都嘲笑程德全一番，那也怪残酷的。即便是日本的知事大人们，能做出此英明决断的，也还是少数吧。

客：宝带桥如何？

主人：就是一座普通的长石桥。有点像不忍池①的观月桥的感觉。不过，没有观月桥那般俗气。春风春水春草堤，这些要素都还是有的。

客：虎丘是个好地方吧？

主人：虎丘也是一片荒废啊。据说那里是吴王阖闾的墓地，现在已完全是个垃圾堆了。传说那山下埋着金银珠宝做成的鸭子，还有三千宝剑。听这些传说倒是让人兴趣盎然。秦始皇的试剑石，听生公说法的点头石，江南美人真娘之墓，——这里有许多颇有因缘的难得遗

---

① 不忍池：位于东京上野公园内。

迹，不过真去了一看，都令人大失所望。尤其是那剑池，说是个池子，其实就是个水坑。而且已经跟垃圾场差不多了。王禹偁《剑池铭》中所写的"岩岩虎丘，沉沉剑池。峻不可以仰视，深不可以下窥"的趣味，是无论如何也想象不出了。不过，在残曛满天中仰望微微倾斜的虎丘塔，产生了一种近乎悲壮的心情。塔也已破败不堪，每一层都长满了杂草。而且，有无数鸟儿绕塔盘旋，高声啼叫，这点倒是令人欣喜。我问岛津氏这鸟的名字，他说叫"鹏"。再问他"鹏"怎么写，他也不知道。你知道"鹏"吗？

客："鹏"吗？我只知道貘是一种专门吃梦的野兽。

主人：说到底，日本的文学家，对动植物的知识还是太匮乏了。有个叫南部修太郎的，把在日比谷公园看到的芦苇当成是麦子。——闲话休提。塔之外还有一个叫小吴轩的建筑。那里视野挺好的。暮色下的白壁、新树，穿梭其间的水路波光，我眺望着眼前的景色，听着远处传来的蛙鸣，感到了一丝淡淡的乡愁。

苏州的水

主人：苏州除了寒山寺和虎丘，还有许多著名的园林。像留园、西园等。

客：这些园林也都没什么意思吧？

主人：怎么说呢，没有特别让人叹服的地方。不过留园之大，倒不是说园子本身有多大，而是整座建筑之宽广，让人觉得非常奇妙。里面到处都是白墙，无论走到哪儿，都是看不到尽头的走廊和房间。而庭院里也都非常相似，大抵都是些竹子、芭蕉、太湖石之类的东西，很容易迷路。要是被诱拐到这里的话，恐怕很难逃出来吧。

客：有人被诱拐了吗？

主人：当然没人真的被诱拐，只是有这种感觉而已。中国的谷崎润一郎，现在一定在写着名为《留园的秘密》之类的小说吧。未来姑且不论，对于读过《金瓶梅》和《红楼梦》的人来说，这里还是值得一看的。

客：寒山寺、虎丘、宝带桥，——既然这些都没什么意思的话，那苏州也是个没意思的地方咯。

主人：虽然那些地方都没什么意思，但是苏州却并非无趣之地。苏州像威尼斯一样，首先是个水城。苏州的水——对了，说起苏州的水，我当时还在记事本里，写过一篇《自然与人生》①式的名文呢。

来到一座不知名的桥上，凭着石栏望河水。日光、微风。水色似鸭头之绿。两岸皆粉壁，水上影如绘。桥下过轻舟，先见涂红漆的船首，再见竹编之船舱。橹声咿呀入耳，船尾已过桥下。有桂花一枝顺水而来，春愁与水色共深。

暮归。骑蹇驴。路常为水畔。夜泊之船皆蔽篷。月明，水霭，两岸粉壁之影，朦胧倒映水中。时而听得窗内人语，伴着赤红的灯光。或又遇石桥，偶有人从桥上过，拨弄胡琴三两声。抬头一望，人已不见踪影，唯见高高的桥栏。此情此景让人想起《联芳楼记》。阊阊门外宫河

---

① 《自然与人生》：德富芦花的随笔集。出版于1900年，很受日本大众的欢迎。

边，月影如钩卷珠帘，薛家妆楼尚在否？

春雨霏霏，两岸粉壁，苔色葱葱。水上浮鹅三四。桥畔柳条近水面。若说这风景如画，未免太过老套。亲眼见到此景，景色也不坏。有舟，徐徐过桥来。载棺。船舱中坐一老妪，点香供于棺前。

客：这文章里洋溢着叹服之情啊。

主人：水路的确是很美。像是日本的松江①。不过，白墙倒映在狭窄的江上的情景，在松江是见不到的。遗憾的是，未能坐上画舫一游。不过，我只觉得水美，倒也没什么可留恋的。遗憾的是没有见到美人。

客：一个也没见到吗？

主人：一个也没见到。村田君说，在苏州，闭上眼睛随便一抓，就是个美女。看现在中国的歌伎说的都是苏州话，这话应该不假。不过，据岛津氏说，苏州的歌伎，全都是在这练苏州话，准备练好了去上海闯一番天地的。要不就是已经去过上海了，却没能红起来，只好又回到这儿来。总之，没几个出挑的。这

---

① 松江：日本岛根县松江市。芥川著有《松江印象记》。

么说也挺有道理。

客：所以您才没去看的吗？

主人：哪里，倒也没什么特别的理由。只是与其去看歌伎，倒不如多睡一个小时的觉。那时天天骑毛驴，屁股都磨烂了。

客：可真是个没志气的男人。

主人：我也觉得自己没志气。

客栈和酒馆

　　岛津氏不知去哪儿了。我坐在椅子上，悠闲地抽了一根敷岛牌香烟。两张床、两把椅子、一张摆着茶具的桌子，还有一个带镜子的洗面台。除此之外，房间里连窗帘和地毯都没有。白色的墙上，有一扇锁着的涂漆大门。但是，比我想象的要干净。可能是因为撒了很多灭蚤粉，房间并没有受到臭虫的侵蚀。由此看来，住在中国的旅馆，比住在要担心小费的多少的日本人开的旅馆里要省心得多。——我一边想着这些事，一边向玻璃窗外望去。这个房间在三楼，窗外的视野也很开阔。然而映入眼帘的，只有夕阳下一片漆黑寂静的瓦片屋顶。记得琼斯曾说过，最具日本特色的寂寥，便飘荡在从三越的屋顶上俯瞰到的，那看不见尽头的瓦片屋顶之上。不知日本的画家们为何……

我被一个声音吓了一跳。抬眼望去，涂了漆的大门口，站着一个穿蓝布衣裳的矮个老婆婆。她微笑着跟我说些什么，但我这个哑巴旅行家自然是一句也听不懂。我只好一脸疑惑地看着她。

　　于是，看到了敞开的门外，闪过一团华丽的色彩。清新的刘海，水晶耳环，浅紫色的缎面衣裳——少女摆弄着手帕，一眼也没往屋里看，静静地穿过走廊。这时老婆婆又开始快速说着什么，还得意地笑着。不用等岛津氏的翻译，老婆婆的来意我也已知晓。我将双手搭在矮个老婆婆的肩上，将她向右一转。

　　"不要！"

　　这时岛津氏正好回来了。

　　那天晚上，我与岛津氏一起，去了城外的酒馆。岛津氏可是写出了"深夜醉老酒，眼前浮父颜"这种自画像般的俳句的人，自然是个不折不扣的酒豪。但是我几乎不能喝。即便如此，我还是在酒馆的一角坐了一个多小时，一是由于岛津氏的威望，二是得益于酒馆里缠绕着的小说氛围。

我们一共去了两家酒馆，这里暂且只介绍一家。那是一个四周都是白墙、天井很高的店。房间的尽头，是一扇破旧的格子窗，所以在夜晚，窗外的行人也看得十分清楚。桌子和凳子上的漆已剥落，看上去像是涂的绛红色的油漆。我坐在桌前，啃着甘蔗，不时给旁边的岛津氏斟酒。

　　我们对面的桌上，坐着两三个脏兮兮的人，在喝酒。再往前的墙角，堆着素陶的酒瓶，快要堆到了天花板。据说最上等的老酒，是装在白色瓶子里的。这家店的金字招牌上写着"京庄花雕"，肯定是在吹牛。话说睡在地上的狗也真是瘦得可怜，头上长满了疮痂。马路上过往毛驴的铃铛声，流浪艺人的二胡声，——在这番喧闹声中，对面的一桌人兴致高昂地划起拳来。

　　这时，一个脸上长着粉刺的男人肩上挂着一个脏兮兮的桶，朝我们走过来。我朝桶里一看，里面净是些胡乱扔进去的发紫的内脏。

　　"这是什么？"

　　"猪胃和猪心。是下酒的好菜。"

岛津氏拿出两枚铜钱。

"吃一口尝尝，可能会有点儿咸。"

看着摊在报纸上的两三块内脏，我想起了之前去过的东京医科大学的解剖学教室。要是母夜叉孙二娘的店也就罢了，今日在这电灯明亮的店里卖这种下酒菜，老牌大国果然是不一样。当然，我一口都没吃。

大运河

　　我们坐在从镇江到扬州的蒸汽船的头等舱里。说是头等舱，好像很豪华，可是这艘汽船的头等舱，却与奴隶船的船舱没什么区别。我们就坐在黑黢黢的地板上。据我观察，地板下面直接就是船底。之所以叫头等舱，好歹这里是个舱，而下等舱则在船顶，连个舱都算不上。

　　船外便是著名的扬子江。扬子江的水是红色的，这点连中学生都知道。但具体有多红，不亲自泛舟看看，是想象不到的。我在上海时，只要看到黄浦江，便会想到黄疸。现在想想，那是因为和海水交汇在一起，所以呈现黄疸的颜色。不过，扬子江的水，比黄浦江要红得多。如果要找个相似的颜色，它与金属的红锈非常相似。紫色的烟雾在起伏的波涛之间蔓延开来。再加上今天是阴天，那颜色越发显得沉闷。江上除了无数的中式帆船之外，还有一艘飘着英国国旗的双桅汽船在与浊浪搏斗。当然，即便不搏斗，也能顺利航行，但那涂得雪白的汽船逆流而上的样子，看着像是在搏斗。我向扬子江表达了五分钟的敬意之后，躺在冰冷的地板上，不知不觉地睡着了。

我们昨晚十二点左右，在苏州火车站上了火车。抵达镇江时已是黎明时分。走出车站一看，黄包车夫们还没开工。唯有几只乌鸦，盘旋在阴沉沉的上空。我们姑且先去火车站前的茶馆吃早餐。茶馆也是刚开门，说面不能马上做好。于是岛津氏让茶馆老板端出点现成的东西来。既然是现成的，自然不会是什么上等的食物。一吃，果然那东西又像是烤麸，又像是腐竹，总之是让人不想吃第二次、味道有点怪的食物。——经过这样一番辛苦之后，我们上了汽船，终于松了一口气，困意随之袭来。

迷迷糊糊地睡了一会儿之后，眺望船外，不知不觉间船已过了瓜州，一条芳草如茵的长堤在眼前移动。此处已不是长江，而是由隋炀帝开凿的、全长两千五百英里的世界第一大运河。不过从船上望去，倒也不觉得特别宏伟。暗淡阳光照射下的大堤，时而闪现出野菜的色彩，时而可见百姓的身姿，那感觉就像是坐在去往铫子①的火车上，眺望窗外葛饰②的平原般亲切。我又抽起烟来，心中酝酿着怀古之情，为接下来的游记积累素材。不过，这并没有想象的那么容易。首先，我的想法全被旅游指南破坏殆尽。其例子大体有如下几个。

我：啊，据说隋炀帝在此堤上，除种植了万株杨柳之外，还每十里建造一亭。长堤依旧，隋炀帝今在何方？

旅游指南：长堤已非旧时堤。自五代以后，元、明、清均定都北京，因需江南之粮食，几度重修运河。望着这满堤的草色，追忆隋炀帝之往昔，犹如伫立在银座尾张町的街头，感怀太古道灌③。

我：运河水也如往昔一般，贯通南北。但是，隋朝

①　铫子：千叶县铫子市。

②　葛饰：东京都葛饰区，原为郊外。

③　太古道灌（1432—1486）：室町时代武将、歌人，因建造江户城（今东京）而知名。

却如梦幻一般，瞬间土崩瓦解了。

旅游指南：运河水并未贯通南北。到山东省临清州，河底已改作良田，舟楫行到那儿便是尽头了。

我：啊，往昔啊，美好的往昔啊。纵然隋朝已亡，但坐拥三千佳丽，行船于这河上，一代天子的荣华富贵，如壮丽的彩虹，横跨于历史的长空。

旅游指南：隋炀帝并非沉湎于淫乐。那是因为，大业七年，隋炀帝欲远征高句丽，为了不暴露其准备工作，故意装出来的荒淫无度而已。这条运河，也是为了远征时运送粮食而开凿的。你不会把《迷楼记》《开河记》当正史了吧？那些恶俗的书不足为信，尤其是《炀帝艳史》，作为小说也是极其恶俗。

我抽完了烟，也放弃了酝酿诗意的念头。春风拂过大堤，一个小孩儿骑着毛驴，朝着与汽船同样的方向去。

古扬州（上）

扬州城的特点，首先就是寒碜。几乎看不到两层的建筑。平房看着也都很简陋。马路上，因为铺路石凹凸不平，到处都是泥坑。这对见过苏州和杭州的人而言，毫不夸张地说，胸中涌起一股悲伤之情。我坐在满是泥的黄包车上，穿过一条条街道，来到盐务署门前时，心想即便是"腰缠十万贯，骑鹤下扬州"，这样的扬州也只会让人觉得索然无味。

盐务署门前，除一对石狮子之外，还有哨兵在执勤。我们说明来意后，来到位于石板路尽头的官衙正门前。随后，侍者带我们来到了铺着草席的会客室。会客室外的庭院里，种着几棵像是梧桐的树。透过树叶，可以看到下着蒙蒙细雨的天空。官衙里很冷清，四处无人。如此看来，欧阳修、苏东坡等文人墨客，在本职的舞文弄墨之余，还能弄个官职做做，也是理所当然的了。

等了一会儿之后，一个看起来又像老人又像年轻人的官员穿着西服走了进来。这是扬州唯一的日本人，盐务官高洲太吉氏。我们拿着上海的小岛氏开给高洲氏的介绍信。若非如此，懦弱的我可能不会想到来扬州。即便来了，若不认识高洲氏的话，恐怕也无法愉快地游览扬州。虽十分失礼，但我还是想在这里感谢一下小岛梶郎氏。读过《上海游记》的诸位君子可能还记得，小岛氏就是那位以庭内初开的樱花自夸、具有俳人傲骨的绅士。高洲氏在一张大桌子对面，邀请我们入座，愉快地和我们交谈着。据高洲氏自己说，外国人在扬州为官的，前有马可·波罗，后就只有他高洲氏一人了。我当时听说此事，对他肃然起敬，现在回想起来，觉得大可不必。今年今月今日今时，走进扬州盐务署的，前有岛津四十起，后就只有我一人了。

高洲氏招待我们吃了乌冬面，随后我们便与他一起出了盐务署大门，去一览扬州的风采。出门时，两三个执勤的哨兵，向我们持枪敬礼。天空虽已放晴，但路上仍满是泥泞。我们走在泥泞的街道上，想到又是去看什么古迹，不免心里发怵。一问高洲氏，他说是乘画舫游览。要是乘画舫，那就没什么好沮丧的了。一听到这话，我便立马产生了一种扬州城再大，我也要将它游遍的心愿。

这之后不到三十分钟，在高洲氏家稍事休息后，我们坐上了系在门前江边、带有篷顶的画舫。一个长相老气的船夫一掌舵，画舫便径直向河道划去。河面很窄，水色异常发黑。说实话，这里与其叫作河，还不如叫作沟。这黑水上，还浮着几只家鸭和家鹅。两岸时而是脏兮兮的白墙，时而是贫瘠的菜花田，时而是堤岸崩毁、一片寂静的杂树林。不过，无论是何种风景，都未见到杜牧名诗中"青山隐隐水迢迢"之情趣。尤其是一会儿出现一座砖砌成的桥，一会儿看到一个中年妇女在河边洗泥鞋，吟诗的心情已被败光。但这些都还算好的。我最受不了的，是这大水沟里的臭气。我闻着这臭气，坐在船里一动不动，感觉胸膜附近又开始疼了起来。但高洲、岛津两位先生，却像是泛舟于撒了香料的河上一般，面不改色地交谈着。我确信，凡是在此地住久了的日本人，首先嗅觉就会变得迟钝。

古扬州（中）

这条水路尽头，有一道水城门。水城门有哨兵把守，有船来便会开门放行。穿过水城门之后，河面瞬间变得宽阔起来。画舫左侧是连绵不绝的扬州城高高的城墙。墙上瓦片之间，蔓草结网、灌木丛生，与苏州、杭州别无二致。水与城墙交界处，有沙洲隆起，土色一直延伸到芦苇丛那边。画舫右侧多竹林。其间有一农家。农家的墙上，贴满了整整一面年糕团一样的东西。不，现在这家门前，就有一个戴着鸭舌帽的男人，在不断地做着这种年糕团。仔细一看，原来这是为了制作冬季的燃料，在晒牛粪。

不过，过了水城门之后，水也没之前那么臭了。景色也随着画舫的前行越来越美。尤其是在一片竹林后方，藏着一间古风茶馆，一问这一带的地名，叫"绿杨村"，真是别有一番韵味。仔细看围坐在茶馆桌边、眺望河中景色的客人们，无不面露平和之色，不愧是绿杨村的村民。

这时，另一艘画舫出现在我们画舫的前方。坐在这艘画舫里的都是女客。而且掌舵的那位，梳着日本式的辫子，辫子上插了一朵红玫瑰。我想着，不过五分钟，我们的船就能超过她们，正好借此机会瞥一眼扬州的美人。可谁知，行至城墙尽头，水路一分为二，她们的船向右驶去，而我们的船却冷漠地掉转头，向相反方向驶去了。目送她们的船远去，两岸静静的芦苇间，留下了一条浅白色的水痕。"二十四桥明月夜，玉人何处教吹箫"。我突然感觉，杜牧诗中所言并非夸张。置身于扬州的风物之中，连我都产生了一种要成为诗人的快乐的烦恼。

船夫划着桨，拨开河面上的水草，穿过一座高大的石拱桥。桥拱的石面上，不记得是用粉笔还是油漆，总之是用白色的字，写着反日的宣言。穿过这座桥，按照高洲氏的指示，画舫斜向右岸划去。那里成片的柳树低垂的枝条，直逼水面。

"刚才那座桥吗？刚才那座桥是大虹桥，这岸是春柳堤。"

高洲氏让船停下，向我们介绍道。

走上春柳堤一看，隔着路的麦田对面，有一座草色初现的小山。小山上有几个像是鼹鼠拱出的土堆似的，小小的土包。如果墓能建成这样，倒也不坏。感觉在扬州的土地下，连死人都在微笑。我在柳树下，悠闲地朝徐氏①花园的方向走去。口中背诵着记忆模糊的缪赛②的诗。缪赛——到底是不是缪赛我也记不清了。只是口中随意嘟囔着柳、墓、水、恋、草等合乎此情此景的词，让我有一种缪赛诗的感觉。

参观完徐氏花园之后，我们再次坐上画舫，沿着刚才那条河而上。河那头出现了极负盛名的五亭桥。五亭桥又名莲花桥，石拱桥上，建有中间一座，左右各两座，共五座亭子，是一座颇为奢华的桥。亭子的柱子和栏杆，都涂成了古朴的朱红色，因此，奢华却不媚俗。

---

① 徐氏：徐宝山（1866—1913），民国初年军阀。
② 缪赛（1810—1857）：法国浪漫派诗人、小说家。

只是觉得，桥基石头的颜色，要是再带点古风就好了。不过总体而言，这桥还是极具中国式的风雅，周围蔓延的柳树和芦苇，都显得有些不相称了。当我在蔚蓝的天空下、摇曳的柳树中看到这座桥的身姿时，不由得会心一笑。西湖、虎丘、宝带桥——这些景色当然都不差。但至少自上海以来，最让我感到幸福的，还是扬州。

古扬州（下）

　　"五亭桥畔有一喇嘛塔。这座寺据说叫法海寺，涂了红漆的正殿自不必说，就连这喇嘛塔，也是荒废至极。不过，在稀疏的竹林上空，耸立着一座辣薤形高塔，还是十分壮观的。我们在寺里转了一圈之后，又坐上了画舫。

　　"河的两岸，依旧还是茂密的芦苇丛，其间寂寞地立着柳树和槐树。法海寺的对岸，应该是乾隆帝的钓鱼台，那近似水乡的风景中，有一古朴的凉亭。水路尽头，是平山堂所在的蜀岗。从画舫里远远望去，那松林、麦田、红土山崖交织的蜀岗的景色，也极富画趣。岗上蓝天舒展，春云静静流动。——这微妙的光影的组合，也为这美景增添了不少韵味。

　　"不过上岸以后，我仍觉得蜀岗——至少传说中欧阳修建造的、平山堂一带，非常娴雅。平山堂与法海寺院内的大雄宝殿并列，我走进寒冷阴暗、充满尘土气息的堂内时，竟产生一种难以名状的感激之情。我读着匾额和对联上的字，望着栏外的风景，在堂中徘徊了少许。这堂的主人欧阳修，到此一游的乾隆帝，也一定与此时的我一样，享受着这种悠然的心境吧。从这个意义上来讲，我虽凡俗，但也算与古人神交了一番。堂前两棵白皮松耸立，凌于高高的瓦轩之上。我仰望着它们，想起郑苏戡先生的阳台上也种着这样的白皮松。在被松树梢遮蔽的天空中，不停有杜鹃啼鸣而过。"

写信写到一半，高洲氏为我端来一碗决明子茶，我"啊"的一声，向他点头致谢。我们游历完名胜古迹，便回到高洲氏的府邸。他的府邸有一个宽阔的院子，说得好听点儿是中国风的草庵，说得难听点就是茅草屋，是一个稻草屋顶的建筑。不过，花草众多的庭院，不是一般农家可比的。尤其是在暮色中若隐若现的瓜叶菊和雏菊，让人产生一种类似明星派①诗歌的心境。我眺望着玻璃窗外庭院中的景色，将写到一半的信扔到一边，

---

① 明星派：日本新诗运动中以《明星》杂志为中心而形成的一个流派。浪漫主义的代表。

慢慢地品起热的决明子茶来。

"喝了这个便可无病长寿。我既不喝咖啡，也不喝红茶，每天早晚就喝这个。"

高洲氏放下茶碗，吹嘘起决明子的功效。说起来这决明子，是拿决明的籽煎制而成的，加入牛奶和砂糖，作为饮料绝不赖。

"是像何首乌之类的东西吗？"

岛津氏喝了口茶，擦了擦沾在胡子上的水滴。

"何首乌是催欲药，决明子可不是那种玩意儿。"

我不再理会他们的谈话，接着写起信来。

"我们打算在高洲氏家借宿一晚后返回镇江。我与岛津氏大概会在镇江分别。我在苏州期间，曾与岛津氏大吵过一架。现在想来，为自己当初为何要与这样的好汉吵架唏嘘不已。这点请您放心。

"坊间传闻，高洲氏是年俸好几万日元的大官。这房间里放着紫檀床，还有许多古董，比旅馆要豪华得多。不过因床不够，今晚我只得与岛津氏睡在长椅上，同盖一床棉被。并且要分两头睡，各自的头挨着对方的脚，我的头不知何时会被岛津氏的脚踢飞。毕竟，岛津氏的脚可是曾踏遍了中国山河的强健之脚。一想到这双脚要在我的枕边横一整夜，心情便愉快不起来。我像袈裟御前①那样，做好了被盛远杀害的精神准备，一个人静静地躺下，今晚也准备……"

我赶紧将信藏了起来。

"真是封长信啊。"

岛津氏好像心里有事，不停地在屋里踱步，顺便瞥了眼我的信。说不定岛津氏也在担心自己的脑袋被我踢到呢。

---

① 袈裟御前：平安时代末期传说中的女性，为警卫皇宫武士源渡之妻。被丈夫同僚远藤盛远爱慕，替夫舍身被杀。

金山寺

"对联上的文字也都换了。请看，那里贴着的对联上，写的是'独立大道、共和万岁'。"

"原来如此，这边也是新的。写的是'文明世界、安乐人家'。"

我们坐在颠簸的黄包车上交谈着。在狭窄道路的两侧，有小饭馆和便宜的旅店，看上去都脏兮兮的。店门口贴着的红色对联，大多如刚才所说，写着新时代的句子。我们现在所经过的，不是吴中门户镇江。而是"公元一八六一年根据天津条约被迫开港"的镇江。

"刚才有个穿大红衣服的小孩，看到了吗？"

"嗯，被一个有点胖的妇女抱着的。"

"对，那是生了天花的小孩。"

我突然想起，我四五年没有种过痘了。

不久，我们的黄包车到了镇江火车站前。不过，看了列车时刻表，发现去南京的火车还有一个小时才开。既然有时间，就没有理由不去看看那能看见山顶佛塔的金山寺。我们一致决定去，便立刻又坐上了黄包车。说是立刻，还是照旧为车费讨价还价花了十分钟。

　　车一开始经过了一排没有地基的简易小屋，是颇为原始的贫民窟。小屋的屋顶是用稻草葺的，几乎看不到用土砌成的墙壁，都是挂着苇席或草席。屋内外的男男女女，全都面带惨容。我望着小屋屋顶后长长的芦苇，有一种又要出天花的感觉。

　　"那条狗怎么样？"

　　"没毛的狗很少见，不过，怪吓人的。"

　　"像那样的都是染了梅毒，据说是从苦力那儿传染过来的。"

　　接下来车经过的地方，有河，有木材店，——总之，是一个像木材堆置场的地方。这里家家户户的门上都贴着小红纸片，上面写着"姜太公在此"等字样。这应该是和"为朝御宿"①一样的咒语吧。渡河到对岸，

---

① 为朝御宿：为朝是指源为朝（1139—1170）。活跃于保元平治之乱时期的武将。声称名将留宿在此，有辟邪的作用。

再穿过一条冷清的街道，一道红墙寺门矗立在眼前。门前有一乞丐坐于松树下，不知为何在做着深呼吸。或许，那是为了装可怜，故意做出一副痛苦的样子。

当然，金山寺就是这座寺庙。我们下了车，朝寺内径直走去。不过，因为一会儿还要赶火车，无法悠闲地参观。寺是依山而建（据说这里之前是个岛），每一层大殿都比前面一层高。我们在台阶上上上下下，乍一看感觉像是未来派的画，错综复杂。当时一定是这种感觉。当天在记事本上写的内容，也大概如此：

"白壁。红柱。白壁。干燥的铺路石。然后又是红柱。白壁。横梁上的匾额。横梁上的雕刻。横梁上的金色、红色、黑色。大鼎。和尚的头。头上留下的六个戒疤。扬子江的波涛，翻滚着红色泡沫的波涛。塔顶。瓦上的草。被塔顶的瓦分割开来的天空。嵌在墙壁上的石雕。金山寺图。查士标①的诗。飞来的燕子。白壁和石栏。苏东坡的木像。瓦顶的黑色，柱子的红色，墙壁的白色。岛津氏在拍照。宽阔的铺路石。苇帘。突然传来

---

① 查士标（1615—1698）：明末清初的画家，字二瞻，号梅壑山人。

的钟声。落在铺路石上葱的颜色……"

　　我记事本上写的这些东西，读者们可能看不懂。可如果要想让读者看懂就得重写，重写是件很麻烦的事。如果是平时的话，即便麻烦我也会写的。可是现在我身在名古屋，而且菊池宽发着烧，正在呻吟。还请各位读者体谅一下，权当都看懂了吧。写完这一回，我还得赶去菊池的病房。

南京（上）

　　到达南京那天的下午，我与一个忘了叫什么的中国人一起，坐上黄包车到城里逛了逛。夕阳下的街道，中式房屋夹杂着西式建筑，房屋后方，是麦田和蚕豆地，还有浮着鹅的池塘。而且，在相对比较宽阔的道路上，行人也还是寥寥无几。向为我们带路的中国人一打听，原来南京城内五分之三的地方都是田地和荒地。我看着路旁的柳树，开始崩塌的土墙，还有成群的燕子，又产生了一股怀古之情。同时心想着，若是能买下这样一片空地，说不定也能发迹。

　　"现在正是买的好时候。要是浦口（南京对岸的镇）发展起来的话，这边的地价也要暴涨了。"

　　"可没人买呢。中国人从不考虑将来的事，买地什么的是绝对不会去做的。"

"那你考虑考虑呗。"

"我也不考虑。——首先我不可能考虑。要是房子被烧了，或是人被杀了，将来的事情谁说得好。这一点和日本可不同。总之，现在的中国人，比起考虑孩子的将来，更愿意沉湎于美色与美酒。"

说着说着，路两侧开始热闹起来，出现了服装店和书店。我爬完灵岩山回来途中，几度迷路，最终走投无路，又是连人带驴摔到田里，又是被雨淋成落汤鸡，经历了不少磨难。作为纪念，我的小山羊皮鞋破了两三个大洞。一看到一家鞋店，深感我需要买一双新鞋，便立马令车夫将车子停在这家店的橱窗前。

进店一看，比想象的要大。里面只有两个鞋匠，在埋头做鞋。四周的大玻璃橱窗里，摆着各式各样的西式鞋和中式鞋。黑色的、粉红色的、淡蓝色的，——中国的鞋都是缎面的，大大小小各式各样的男鞋女鞋，整齐地排列在夕阳的余晖中，给人一种奇妙的美感。再加上站在收银台的店老板，是一位皮肤白皙、嘴角透露着温柔，却有一只眼睛斜视的男子，看着让人有点发怵。我开始产生一种浪漫的感觉，开始物色成品鞋。也许在这家店的橱柜的某个地方，会有用人皮缝制的奢华的女鞋。——我产生了一种这样的感觉。不过，我买的这双鞋一点儿都不浪漫。是一双定价六日元的系带式高筒靴。至于颜色，——后来我穿着这双鞋偶遇了村田乌江君，他残酷地批评了这双鞋："这颜色可真奇怪，像穿了个皮包在脚上。"其实是一双又说黄不黄，说黑不黑的怪异的红靴子。

我穿上新鞋子，再次坐上了车，去往贡院所在的街道。贡院是以前的文官考场，占地三万坪，有两万六百个房间，规模十分宏大。路过时给人的感觉，像是隔成若干间房间的长栋房子。唯有墙壁微微泛白的明远楼耸入夕阳西下的天空，无数瓦顶连绵成片，不仅让人觉得夸张，更给人一种荒凉之感。我眺望着那些屋顶，顿感普天之下的考试制度全都无聊至极。同时，也想为全天下的落第书生致以满腔同情。诸君在考试中落榜，并非因为诸君的无能，只是因为不幸的偶然。自古以来的中国小说家，为了把这种偶然解释成必然，以各地的贡院为舞台，创作了许多因果怪谈。但是，那些都不足为信。不，倒不如说这些故事正好说明了，在他们考试的成败上，偶然起了多大的作用。所以诸君，即便考试落榜，也千万不要怀疑自己的能力。一旦怀疑了，不仅自取灭亡，作为诸君前辈的考官们，也会变成精神杀人犯。像我现在，即便是考试不及格，也从来不曾对自己的才华有过半点儿怀疑。也正是因为如此，我当时的考官们，也并没有因为和我接触而产生良心的苛责。

"贡院以前比这还大呢。"

引路人突然发出的声音，将我从幻想中惊醒。他回头看着我，指着蝙蝠掠过、令人惆怅的瓦顶。

"这里还曾用做选举议员的会场，从去年以后就被拆毁了。"

在我们交谈期间，我们的车子开始驶向著名的秦淮河畔。

南京（中）

　　我坐在旅馆的西式房间里，衔着带着焦味的雪茄，记录昨天匆匆看过的秦淮河的景色。这里虽是日本人经营的旅馆，但立在墙角用油漆涂成的色彩浓艳的山水画屏风，实在是令我烦恼不已。再加上刚才吃的涂了劣质黄油的烤面包，到现在还堵在我的胃里。我感受到几许乡愁，开始奋笔疾书。

　　"路过秦淮河夫子庙。当时已是薄暮时分，大门已锁，不准人入。门前有一老说书先生。许多闲人围着他，似乎在讲《三国志》。手中的扇子，口中的幽默，让人想起日本街头的说书人。

　　"从桥上眺望，秦淮河不过是一条普通的污水沟。河宽与本所的竖川相近。两岸鳞次栉比的人家，据说都是饭馆和青楼。房子上空，可见新绿的树梢。有三四艘无人的画舫，系于薄暮之中。古人云"烟笼寒水月笼沙"。这般风景已不可见。今日之秦淮，俨然只是俗臭纷纷的烟花柳巷而已。

"于水畔饭馆用晚饭。虽是一流的饭馆，室内却并不干净。涂漆的柱子上雕着梅花，西瓜子散落一地，拙劣的水墨四君子的画轴——总之，今天的饭馆，无法给人味觉以外的满足。晚饭是八宝饭，甚佳。饭钱加上小费两人一共花了三元两角。吃饭时，隔壁房间传来二胡的声音，歌声随之响起。昔日一曲《后庭花》，曾愁杀了多少诗人，而像我这样的东方游子，无多恨者也。我大口吃着皮蛋，与微醺的带路人谈论明天的行程多时。

"从饭馆出来已是夜晚。家家灯火通明，照亮载着歌伎的黄包车。宛如走在代地①河岸，未见一丽人。我怀疑《秦淮画舫录》中的美人，有几个是没有夸张描写的。要是《桃花扇传奇》中的香君，不仅是在秦淮的青楼，就是游遍中国九州大地，恐怕也找不到一个如此美丽的人。"

我突然抬起头，只见报社的五味君穿着中式服装站在那里。一件看起来很暖和的马褂儿外面，套着一件蓝

---

① 代地：东京台东区藏前的隅田川一带。

色的大褂儿，说是仪表堂堂也不夸张。我在与他打招呼之前，稍微向那身中式服装表达了敬意（之后，我的中式服装让在北京的日本诸君颇感为难，都是受了这位五味君的坏影响）。

"今天就让我来为你做向导吧。从明孝陵到莫愁湖。"

"好啊，那我们赶紧出发吧。"

我与其说是想去看名胜，不如说是想消化胃里的面包。我赶紧穿上了外套。

一个小时后，我们俩踏上了通往明孝陵的气派石桥。孝陵因太平天国之乱，大多数的殿楼都被烧光，目之所及，全是荒草。离离青草中，立着巨大的石像，残存着门的基石。这种寂寥，绝非站在奈良郊外的绿芜中，追忆佩带银饰宝剑的公子时所能比拟的。仅就眼前的这座石桥，石缝间开满了蓟花，这幅景象本身就充满怀古之诗的意境。我强忍着想吐的感觉，仰望钟山的松柏，想起来六朝金粉什么的，前人的诗。

不知是不是陵的一部分，最后高高耸起的，是一块高得出奇的石壁。石壁正中，有一个汽车也能通过的缓坡隧道。这隧道的高度，只有整个石壁高度的四分之一。我伫立在隧道前，仰望着发黑的石壁上空，晚春的蓝天，突然觉得自己的身体如小鸟般渺小。接着朝铺路石的草上，吐了点儿酸水。

穿过这条隧道，再上几道石阶，就到了陵的最高处。那里既无屋顶，也无柱子，只剩下一圈红墙。四周新木与杂草丛生，墙上画满了涂鸦，——依旧是一片荒废的景象。不过站在陵上向四下望去，燕子翩翩起舞，方才走过的石桥、正殿、郭门、微白的陵道，阳光照耀的山河，一片郁郁葱葱，向远方延伸开去。五味君如睿山①的平将门一般，悠然地吹着风，俯瞰脚下来来往往的男女。

"你看，今天西门外有高脚戏，来看戏的人看起来很多。"

但是，戴着鸭舌帽的纯友②满口酸水，连问高脚戏是什么的力气都没有了。

---

① 睿山：这里指日本滋贺县琵琶湖畔的比睿山。
② 纯友：指藤原纯友，与平将门一样，是曾在濑户内海引起过叛乱的海贼。

南京（下）

我一回到旅馆，便立马爬上了床。胃还是很痛。好像还有点儿发烧。我竟觉得，我会躺在这床上，空怀旷世大志而抱憾死去。我问进来送茶的女服务员有没有按摩服务。她说没有专门按摩的，但有提供按摩服务的理发师。我对她说，甭管是理发师还是搓澡师，赶紧把他叫过来给我按摩。

女服务员吃惊地退下后，我拿出和久米正雄一起买的镍表一看，才两点过几分。今天游完了孝陵之后，没去莫愁湖就回来了。在西湖凭吊了苏小小，在虎丘凭吊了真娘，我本也想去凭吊三大歌伎里的莫愁，无奈身体抱恙，只好作罢。今天和五味君一起在秦淮的饭馆吃午饭时，鲍鱼汤喝到一半，我便觉胸闷难忍，一时连话都说不出来。说不定胃病和胸膜炎一起复发。一想到这样的事，我觉得不出五六分钟，我便会一命呜呼。

突然，我听到人的声音，便抬起埋在床上的头，只见一个个子极高的中国人站在我的床前。我吓了一跳。说实话，在涂漆的屏风前，突然看到这么个大高个儿，任谁也不会觉得舒服吧。而且，他一看到我，便开始悠然地挽袖子。

"干什么，你？"

他被我高声怒喝，也完全面不改色。只回答了我一个词。

"按摩！"

我不禁苦笑起来，对他做了个"按吧"的手势。不过，这位理发师兼任的按摩师既不揉也不敲。只是从颈部到背部，依次将肌肉拧了一遍。然而效果却不容小觑。我感到全身凝固的肌肉，逐渐舒展开来，于是一个劲地称赞："好！好！"

之后我睡了两个小时，感觉精神基本恢复了。五点，我约好了和五味君还有多贺中尉一起吃晚饭。多贺氏是我少时爱读的《家庭军事谈》的作者。我按照他当年的署名——多贺中尉来称呼他，同时，这也是我最熟悉的名字。如今他使用什么名字，我并不知晓。我刚好胡子，穿上黑色西装，到五点时大体整装完毕。

那晚，我与多贺中尉吃着海带和鱼干，聊着《家庭军事谈》。这些海带和鱼干，是根据增强抵抗力疗法制作的生猛菜单的一部分。中尉是一个典型的军人形象，傲骨嶙峋，而且也很会聊天。我和中尉聊着桂月先生①的事，还与另一位年轻的陪客谈论江南的风光，一时忘了自己还生着病。特别是那位客人，连吃栗子时都十分优雅，我至今仍记忆犹新。

我们吃完饭，在客厅里又聊了一会儿。这里摆着中国出土的陶器，农民画的红色山峦，还有一些古董。我为我房间里那涂漆的屏风苦恼了半天，现在能悠闲地坐在客厅里的安乐椅上，内心感到非常愉快。而且所幸，中尉并没有太强的鉴宝能力，还不至于对唐三彩之类的古董大谈特谈。

不知何时，话题转到疾病上来。

"在南京，最怕的就是生病。自古以来在南京生了病，没赶紧回日本的，没有一个人活下来。"

---

① 桂月先生：大町桂月（1869—1925）。文学家，毕业于东京帝国大学文学系。晚年曾游历中国。

多贺中尉带着酒劲，半开玩笑半认真地下了一个令人担忧的结论。"没有一个人活下来"，我听到这句话时，马上又感觉自己命不久矣。同时，我下定决心，只要明天有火车，栖霞寺也不去了，莫愁湖也不去了，赶紧回上海。

第二天我便回了上海。第三天，清晨下着小雨，我便坐在里见医院的诊室里，接受叩诊和听诊。一番检查之后，里见医生一边洗手，一边笑着对我说："什么毛病都没有，只是你的心理作用。"

"不过我还得从汉口去北京。"

"这点儿旅程没问题的。"

我还是很开心的。不过这喜悦里还藏着一丝失望，我大费周折回了上海，结果却是徒劳一场。里见医生是一位出色的医生，但却不是一位出色的心理医生。如果我是医生的话，即便对方无病，也会做出这样的诊断："右肺有些炎症，建议立即住院。"

大正十一年（1922年）一月一二月

长江游记

前言

这是三年前去中国旅游时，沿长江逆流而上时的纪行。在这个瞬息万变的世界，恐怕没有人对三年前的纪行感兴趣。不过，若是把人生比作一场旅行的话，那么所有的回忆，都是数年前的纪行。喜欢我文章的读者们，能否像对待"堀川保吉"①一样，对我的这篇"长江"也加以垂青呢？

我沿长江逆流而上时，不住地怀念日本。而如今身在日本，在酷暑难耐的东京，我又思念起那辽阔的长江。长江，不，不仅是长江，还有芜湖、汉口、庐山的松树，洞庭的湖水。喜欢我文章的读者们，能否像对待"堀川保吉"一样，对我的这喜欢追忆往昔的癖好也加以青睐呢？

---

① 堀川保吉：芥川龙之介的生活小说中主人公的通用名。

芜湖

　　我与西村贞吉①一起，走在芜湖的大街上。这里的道路也一样，是阳光照不进来的石板路。路两侧是银楼和酒栈，门口挂着我已见惯的招牌。对于已在中国生活了一个半月的我来说，这些并不稀奇。每当独轮车经过时，车轮嘎吱作响，吵得人头疼。我阴沉着脸，不论西村找我说什么，我都只是敷衍几句。

　　西村往上海写了好几封信，邀请我过来。特别是我到芜湖的那天晚上，他专门派了小汽船来接我，还为我摆了接风宴，非常有诚意。（只可惜我乘坐的凤阳号在浦口发车时误了点，导致他的这些心意全都泡汤了）不仅如此，到了他的公司住宅唐家花园之后，吃穿用度，他都为我配备齐全，令我不胜惶恐。如此看来，有这样

―――――――――――

① 西村贞吉：芥川中学时的校友，居住在中国。

的东道主安排，我在芜湖的两天一定会过得非常愉快。不过我这绅士的礼让，在看到西村那如禅一般的脸后，马上消失殆尽了。这不是西村的罪过，而是我们过于亲密无间的罪过。我们之前不称你我，而说你小子本大爷。若非如此，在面对在道路中央撒尿的猪时，我们也不会那样公开地表达不满，或许会控制一下。

"这地方真是无趣啊，芜湖。——不，不仅是芜湖。我对中国已经看够了。"

"你太少年成老了。或许中国就是不合你胃口吧。"

西村虽懂洋文，但是日语却不怎么好。将"少年老成"说成"少年成老"，把"鸡冠"说成"鸡肋"，把"怀抱"说成"怀念"，把"冒失"说成"冒险"，其说错的例子不胜枚举。不过，我又不是为了教他日语才特地跑到中国来，所以我只是板着脸，接着往前走，并不接他的话。

走着走着，一条稍微宽阔些的街道上，有一间挂着很多女人照片的屋子。前面站着五六个闲人，仔细地看着照片上的脸，小声说着什么。我问西村那是什么地方，他说那地方叫"济良所"。济良所并非福利院，而是保护自愿从良的妓女的地方。

　　大致看完了芜湖的市容之后，西村带着我去了一家叫倚陶轩的饭馆。这家饭馆又叫大花园，据说以前是李鸿章的别墅。不过，刚进园子给人的感觉，与洪水后的向岛①无异。花木稀少，土地荒芜，"陶塘"里的水也很浑浊，屋子里空荡荡的，这景致，与所谓的茶馆相去甚远。我们望着挂在屋檐下的鹦鹉笼子，吃着只有味道还属上乘的中国菜。从这顿饭开始，我对此地的厌恶开始越发不可收拾。

　　那晚，在唐家花园的阳台上，我与西村并排坐在藤椅上，近乎可笑地争相讲起当代中国的坏话。当代中国还有什么？政治、学问、经济、艺术，每一样都堕落至极。特别是艺术，自嘉庆道光以来，有一部拿得出手的作品吗？而且国民无论老少，全都满不在乎。诚然，在年轻的国民身上，多少能看到一些活力。但他们的声

----

① 向岛：位于东京隅田区，1910 年曾发生过大水灾。

音，还是缺少能在全国人民心中产生回响的热情。我不爱民国，想爱也爱不起来。在目睹了这种国民腐化之后，还能爱民国的，要么就是颓废至极的感官主义者，要么就是浅薄的民国趣味盲目崇拜者。不，就是中国人自己，只要没有心灵麻木，对民国的厌恶，都会比我这一介游客更甚吧。

我激昂地说着。阳台外的槐树梢，静静地笼罩在月光下。这槐树梢的对面，几个环抱古池的白壁街市尽头，一定就是长江水。那汪汪流水的尽头，有小泉八云曾梦到过的如蓬莱般令人怀念的日本半岛。啊，好想回日本。

"你想回的话，不是随时都可以回去吗？"

被乡愁感染的西村，望着在月光下飞来飞去的大蛾，几乎是自言自语般说道。无论怎么想，我的逗留，都没有为西村带来任何好处。

溯江

　　沿长江逆流而上，我一共换了三艘汽船。从上海到芜湖的凤阳号，从芜湖到九江的南阳号，从九江到汉口的大安号。

　　在凤阳号上，有一个很厉害的丹麦人。他的名字叫卢丝，英文写作Roose。据说他纵横中国二十多年，堪称当代的马可·波罗。这位豪杰只要一得空，便拉着我或是同船的田中君，滔滔不绝地讲他这些年发生的故事。比如，他如何神勇地击退二十余尺的蟒蛇，广东盗侠郎快生（究竟是哪几个汉字，连卢丝氏自己也不知道）的故事，河南直隶的饥荒，猎虎猎豹的故事，等等。其中最有趣的，是他与同桌的美国夫妇谈论东西方爱情观的时候。这对美国夫妇，尤其是那位夫人，穿着一双犹如西方对东方的蔑视的高跟鞋，十分蛮横。

在她看来，中国人自不必说，就连日本人，也不懂爱为何物。他们的愚昧无知让人可怜。听了这话的卢丝氏正吃着咖喱饭，立即提出异议。非也，东方人也懂爱为何物。比如说，一个四川的少女……卢丝氏借机吹嘘起他的广博见闻来。那位夫人正剥着香蕉皮，说道，不，那不是爱，是怜悯。卢丝氏依旧不屈不挠地举了另一个例子，有位日本东京的少女……那夫人终于被他弄得怒火中烧，突然站起来，和她丈夫一起离开了。我到现在还清楚地记得卢丝氏当时的表情。他向我们这群黄种人朋友送来邪魅一笑，用食指敲了额头说了句"narrowminded"之类的话。不巧的是，这对美国夫妇在南京就下了船，要是他们随我们一起溯江而上的话，一定会掀起更多有趣的波澜。

从芜湖乘坐南阳号时，是与竹内栖凤①氏一行一起。栖凤氏也是在九江下船，去登庐山。因此我有幸与竹内家公子——叫公子有点儿可笑了。不过他确实是竹内家的公子。只是我俩相谈甚欢，叫公子未免显得虚

———————

① 竹内栖凤（1864—1942）：日本画家。

伪。总之，我与他家的公子竹内逸氏在船上度过了愉快的溯江时光。不管怎么说，长江虽大，但毕竟不是海，既不左右摇晃，也无上下颠簸。船拨开像机器的传送带一样流动的江水，悠然向西航行。仅凭这一点，长江之旅对晕船的我来说还是十分愉快的。

如前所述，江水是近似铁锈的暗红色。不过，江水的尽头，由于蓝天的反射，看起来也呈钢蓝色。那里有两三艘著名的大木筏顺流而下。我曾亲眼见过养着猪的木筏，所以，如果是特别大的木筏的话，载一个村落的人也是有可能的。另外，说是木筏，其实既有屋顶也有墙壁，就是一个漂在水上的房屋。据南阳号船长竹内氏说，这木筏上坐的是云南贵州等地的土著人。他们从山里出发，顺着万里浊流悠然而下。等到了浙江、安徽的城镇时，就把做木筏的木头拆了换钱。这旅途短的话要五六个月，长的话要一年。据说有些女人离家时才刚刚嫁作人妻，回来时已是孩子的母亲。当然，往返于长江之上的，并非只有这筏之类的原始时代的遗物。曾经就有美国的炮舰，对着小汽船牵着的靶子，进行实弹射击演练。

长江之宽阔，之前也提到过。不过，因为江上有三角洲，所以即便离一侧的江岸很远，也必定能看到另一侧江岸的草色。不，不仅是草色，还能看到水田里的水稻随风摇曳，杨柳垂入水中，水牛呆然而立。当然，还能看到几座青山。我在出发来中国之前曾与小杉未醒氏话别，他在旅行的注意事项中加了这么一条：

"长江的水位很低，不过两岸却很高。所以，你得站到船的高处去。就是船长待的那个地方——叫什么来着？反正有那么个高的地方。不站到那儿去，你是看不到远处的景色的。不过那地方一般不让乘客过去，所以你得找个借口糊弄一下船长。"

我始终谨记前辈的忠告，无论是在凤阳号上还是在南阳号上，为了能肆意眺望江面，我一直在找机会糊弄船长。不过南阳号的竹内船长，还没等我去糊弄他，他便亲切地邀请我去船厅屋顶上的船长室。可是，上到这里一看，风景也没什么特别的变化。其实，即便是在甲板上，也能清楚地眺望陆地的风景。我觉得奇怪，便向船长坦白了想要糊弄他的企图，询问个中缘由。船长笑着说："那是因为小杉先生来的时候水位还很低吧。汉口这一带的水位，冬夏能差四五十英尺呢。"

庐山（上）

　　刚吐出新绿的树枝上挂着一头死猪。而且是被剥了皮，腿朝上倒挂着。被脂肪覆盖的猪的躯体，白得让人恶心。我望着那头猪，想着把猪倒挂着究竟有何乐趣。若说把猪倒挂起来的人趣味真是低级，那么被倒挂起来的猪也真是够蠢的。

　　当时很多苦力要给我们抬轿子，吵得让人心烦。苦力们的长相都不寻常。可苦力头的长相尤为狰狞。这位苦力头戴着的草帽上缠着一圈黑丝带，丝带上用英文写着"Kuling Estate Head Coolie No（牯岭苦力头）"。从前，《享乐主义者马里乌斯》中曾说，舞蛇人能从蛇的脸上，感受到某种类似于人的东西。而我从这群苦力的脸上，感受到某种类似于蛇的东西。我越来越不喜欢此地了。

十分钟后，我们一行八人坐在藤椅轿里，摇摇晃晃地登上了满是石子的山路。一行人就是竹内栖凤一家和大元洋行的老板娘。坐轿子的感受比想象的要舒服。我将两腿伸长，搭在轿子的抬杆上，欣赏着庐山的风光。这样读起来好像很不错，但是庐山的风光绝非奇绝。不过是在茂密的杂树丛中开着些虎耳草罢了。完全没有来了庐山的感觉。早知道是这样，就不必远渡重洋，箱根的旧道上，多的是这种风景。

前一晚我住在九江，下榻的旅馆就是大元洋行。我躺在二楼读康白情的诗。此时，从停在浔阳江上的船里，传来类似三味线的声音。这确实给人一种风流之感。结果次日早晨一看，都把浔阳江说得如何壮观，其实就是一条污水河。哪里也感受不到"枫叶荻花秋瑟瑟"这种别致的情趣。江上有一艘木制的军舰，露出一个像是征伐西乡隆盛时用的大炮口，系在琵琶亭畔。且不说住在水里的猩猩是否会现身，总觉得这船里可能会有浪里白条张顺，或是黑旋风李逵，可谁知眼前的船篷里探出的，是一只丑陋不堪的屁股。而且这屁股竟大胆地——恕我用词粗俗——悠然向江里排起大便来。

我想着这些，不知不觉间迷迷糊糊地睡着了。几十分钟之后，轿子停了我才醒过来。在我们正前方，立着一个由无数乱石子堆积而成的险峻坡道。大元洋行的老板娘向我们解释说，这里轿子上不去，得下来自己走上去。没办法，我只好和竹内逸氏一起，开始爬这陡坡。风景仍旧十分普通。只是在坡道左右，可以看到烈日尘埃下盛开的野玫瑰罢了。

又是坐轿子，又是步行，历经千辛万苦之后，我们终于到达了避暑胜地牯岭。此时已将近下午一点。这避暑胜地的一角，与轻井泽的近郊别无二致。不，光秃秃的山脚下，开着一些油灯店、酒栈等杂乱无章的店，这景色还不如轻井泽。放眼望去，西洋人的别墅也没有一栋结构精巧的。涂着红漆和蓝漆、看起来十分寒酸的铁皮屋顶，在烈日下暴晒。我擦着汗，想着开拓了这牯岭租界的传教士李德立，许是因为在中国待久了，已失去了判断美丑的能力。

然而穿过那里之后，便是一片广袤的草原。盛开的蓟花和除虫菊中，水晶花也开出了水灵灵的花朵。草原尽头，石垣环绕中有一栋涂成红色的小房子，背靠着满是岩石的山，一面日本旗在空中飘扬。一看到这面旗，我便想起了祖国。说得更确切些，是想起了祖国的米饭。为何这么说呢，因为这栋房子是将填饱我们辘辘饥肠的大元洋行的分店。

庐山（下）

吃完饭我感到一阵凉气，到底是海拔三千尺的高度。就算庐山再怎么无趣，五月份的这份寒意还是弥足珍贵的。我坐在窗边的长椅上眺望石山上的松树，对庐山作为避暑胜地的价值表示敬意。

这时，大元洋行的老板来了。他看上去已经过了五十岁。不过他面色红润，显示出他是一个精力充沛、身强力壮的活动家。我们与这位老板聊了很多关于庐山的话题。老板非常健谈，或者说过于健谈了。说到兴奋处，竟把白乐天的名字缩略说成白乐，可见他有多么豪爽了。

"说起香炉峰，也有两座。这边是李白的香炉峰，那边是白乐天的香炉峰。——这白乐的香炉峰，是一座连松树都没有的秃山。"

他说话大概是这种风格。不过这还算好的。香炉峰有两座，对我们来说反而更加方便。仅有一个的东西弄成两个，或许会侵犯专利权。但是将已经有两个的东西，再变成三个，并不构成违法行为。于是，我将对面我看到的那座香炉峰立马视作"我的香炉峰"。然而这位老板，除了健谈，对庐山还有一种如恋人般热烈的眷恋。

"这庐山，自古以来就有五老峰、三叠泉等许多名胜。来旅游的话，至少也得花上一周到十天的时间。长一点儿的话，一个月也好，半年也行。——只不过，到了冬天，这山上会有老虎出没……"

这种"对第二故乡的热爱之情"不仅限于这位老板。侨居中国的日本人全都有这种情感。如果是对中国旅行抱有愉快的期待的武士，他们即便冒着遇到土匪的危险，也要努力尊重他们这种"对第二故乡的热爱之情"。上海的大马路很像巴黎。北京的文华殿也与卢浮宫一样，没有一张赝品画。——对此不得不表示佩服。可是，如果要在庐山住上一周，可不仅仅是令人佩服这么简单了，而是一件非常辛苦的差事。我不胜惶恐，向老板诉说了我身体之虚弱，并表达了希望明天一早就下山的意愿。

"明天就要回去吗？那你哪儿都看不成了。"

老板半是怜悯、半是嘲讽地回答我。我本以为他会就此放过我，没想到他更加热心地劝道："那就趁今天把这周边能看的都看了吧。"如果我连这都拒绝，恐怕比上山打老虎更危险。于是我不得不与竹内氏一行一起，去看我并不想看的风景。

据老板说，牯岭镇距这里仅一步之遥。可实际一走，才发现可不是一步两步就能到的。道路在茂密的竹林中蜿蜒曲折。不知不觉间，我感到遮阳帽下滴下来的汗水，心中燃起对这座世界名山的愤怒。名山、名画、名人、名文——所有带"名"字的东西，都把重视自我的我们变为传统的奴隶。未来派的画家大胆地主张破坏古典作品。要是能在破坏古典作品的同时，把庐山炸飞了才好。

不过到了那儿一看，山风吹过的松林间，眼前岩石环绕的山谷里，无数红色黑色的房屋鳞次栉比，景色比想象的令人心旷神怡得多。我坐在路旁，点燃一支珍藏在口袋里的日本"敷岛"牌香烟。从这里可以看到拉开了蕾丝窗帘的窗子，放着花盆的阳台，还有绿草如茵的网球场。白乐的香炉峰姑且不论，作为避暑胜地的牯岭，在这里足以消磨一整个夏天了。竹内氏一行迅速地往前走，我独自一人茫然衔着香烟，俯看着家家户户窗子里模糊的人影，想起了我在东京的孩子。

大正十三年（1925年）八月

北京日记抄

雍和宫

今天也同样是由中野江汉^①君带着，中午出发去游览雍和宫。我对喇嘛寺之类的与其说毫无兴趣，毋宁说还非常讨厌。不过它是北京名物之一，为写游记的需要，从道理上来讲，不得不去看一下。我可真是辛苦万分啊。

微脏的黄包车载着我们，终于到了门口，果然是一座大寺庙。说起这大寺庙，一般都会有一个很大的佛堂，然而这喇嘛寺却不然。它是由永祐殿、绥成殿、天王殿、法轮殿等几个殿组合而成。且与日本的寺庙也不一样。它的屋顶是黄色的，墙壁是红色的，台阶是大理石砌成的，还立有石狮子，青铜惜字塔（根据中野君的

---

① 中野江汉：即中野吉三郎（1889—1950），中国民俗研究家，著有《北京繁昌记》。

说明，中国人因为尊重文字，如果捡到写了字的纸，就会扔到这个塔里。可将此塔看作带有艺术气息的青铜废纸篓），乾隆帝的御碑。总之，看上去很庄严。

在第六所东配殿，有四座木雕的欢喜佛。给守堂人一枚硬币，他便为我们掀开绣幔。佛皆为蓝面赤发，背后伸出很多双手，戴着由无数人头组成的项链，是丑恶无双的怪物。第一尊欢喜佛跨在披着人皮的马上，喷火的口中衔着小人。第二尊脚下踩着象头人身的女子。第三尊站着与一女子交媾。第四尊，——最让人佩服的是这第四尊。第四尊站在牛背上，而这头牛，竟僭越地与躺在其身下的女子交媾。然而这些欢喜佛却不给人色情之感，只是满足了人们的某种残酷的好奇心而已。第四尊欢喜佛的旁边，有一只半张开嘴的木雕大熊。如果打听一下这熊的来历，一定会有某种象征意义。熊的前方有两个武人（蓝面，手持黑缨枪），后伴两只小熊。

记得之后应该是去了宁阿殿。从馄饨摊上传来类似唢呐的声音。一看发现是两个喇嘛僧在吹奏着奇怪的喇叭。喇嘛僧们头戴三角帽，上面插着黄色、红色或紫色的毛，看起来多少有点画趣，不过都给人一种恶党的感觉。那里面稍微能让人有些好感的，只有那两个吹喇叭的。

之后，我与中野君一起走在石板路上，从万福殿前的楼上，一位守堂人探出头来，对我们做出上来看看的手势。我们走上狭窄的楼梯，这里也有被帷布盖着的佛像，不过守堂人不会轻易掀开帷布给我们看，而是伸手向我们要二十文钱。终于我们把价格讲到十文钱，他掀开了帷布让我们瞻仰。全是些生着蓝面、白面、黄面、红面、马面等的怪物。而且还有很多双手（手里或拿着斧头和弓，或挥舞着人的头和手），右脚为鸟足，左脚为兽足，颇有狂人之画的意思。不过并没有我们预期中的欢喜佛。（可是，这怪物脚底下也踩着两个人）中野君瞪着守堂人说："你骗人啊。"守堂人狼狈地频频说道："有这个，有这个。"所谓的"这个"是蓝色的男根。一根隆起的男根，不能用于生子，只能空为守堂人挣几个烟草钱而已。悲哉，喇嘛佛的男根！

喇嘛寺前有七家喇嘛画师的店。画师总共有三十余人，皆来自西藏。我们走进一家名为恒丰号的店，买了几幅喇嘛佛的画。据说这些画一年能卖一万二三千元，喇嘛画师的收入可真是不容小觑啊。

辜鸿铭先生

　　我去拜访辜鸿铭先生。男仆领着我来到客厅，客厅的白墙上挂着拓本，地上铺着草席。虽然看上去这里会有臭虫，但却幽静可爱。

　　我们等了不到一分钟，一位目光炯炯的老人推门而入，用英语对我们说："欢迎，请坐。"当然，这就是辜鸿铭先生。发辫花白，着白大褂，如果鼻子再短一点，整张脸看起来就有点儿像大蝙蝠了。先生与我交谈时，桌上放着几张草纸，他一边手握铅笔飞快地写字，一边不停地说着英语。这种谈话方式，对我这种英语听力不好的人甚是方便。

　　先生南生于福建①，西学于苏格兰爱丁堡，东娶日本妇人，客居于北京，故号东西南北之人。英语自不必

────────────

① 祖籍福建，生于马来西亚。

说，听说还懂德语和法语。不过他与年轻的中国一代不同，不过分高赞西方文明，曾痛骂过基督教、共和政体、技术万能论。他见我穿着中式长袍，对我说："你不着洋服让人钦佩，只可惜没留辫子。"和先生交谈了三十分钟，忽然有一个八九岁的少女，娇羞地进入客厅。想必是先生的千金。（夫人已故去）先生将手搭在女儿肩上，用中文小声说了些什么，女儿便张开小嘴，开始背诵伊吕波歌[①]。大概是夫人生前教的。先生满意地微笑着，我却感到伤感，望着小姑娘的脸。

小姐离去后，先生又与我谈论了段祺瑞和吴佩孚，还谈论了托尔斯泰。（据说托尔斯泰曾给先生写过信）谈来谈去，先生越发兴致高昂，目光如炬，脸看起来更像蝙蝠了。记得我离开上海前，琼斯曾握着我的手说："紫禁城可不看，辜鸿铭不可不见。"琼斯果然所言非虚。我亦有感于先生所论，问先生为何慨叹时事而不涉足时事。先生快速回答了。可惜我没有听懂。于是我对先生说："能否再说一遍？"先生好像生气似的在草纸

---

① 伊吕波歌：日语字母歌。

上大书："老、老、老、老、老……"

　　一小时后，我辞别先生的府邸，步行向东单牌楼旅馆走去。微风吹拂着行道树上的合欢花，斜阳照着我身上的中式长袍。先生那如蝙蝠般的容颜，仍在我眼前挥之不去。我走到大街上，回看先生家的门。先生，请勿责怪，在叹息先生的衰老之前，我先庆幸自己的年少有为。

什刹海

　　中野江汉君带我游览的，不仅是北海、万寿山、天坛等谁都会去的旅游胜地，还有文天祥祠、杨椒山故居、白云观、永乐大钟（这大钟有一半埋在土里），这些地方都多亏了中野君做向导，我才有幸一见。不过最有意思的，还是今天与中野君一起去的什刹海游园。

　　虽说是游园，却无庭院。只是在一个大的莲花池旁，有一间挂着苇帘的茶馆。记得除茶馆之外，还有一间挂着刺猬、大蝙蝠等招牌的杂耍铺。我们走进这间茶馆，中野君点了一杯玫瑰露，我喝着中国茶，坐了两个小时。要说哪里有趣，其实也没什么，只是坐在那里看人很有趣罢了。

　　莲花尚未盛开，看着岸边槐柳树荫下和前后茶馆里的人，有叼着烟管的老爷，绑两个辫子的少女，与士兵说话的道士，与卖杏人砍价的老婆婆，卖人丹的小贩，巡警，穿西服套装的年轻绅士，满洲旗人的夫人，——如此种种，数不胜数，让我有一种置身中国浮世绘的心境。尤其是那旗人夫人，头顶着不知是用黑布还是黑纸做成的亦髻亦冠的发饰，脸颊涂得通红，已无古风可言。她们互相行礼时，屈膝却不弯腰。右手笔直地伸向地面的体态，虽然奇怪，却也优雅。难怪在赏菊御宴上看到日本宫女的洛蒂，会感到不可思议的魅力。我似乎也受到了诱惑，想要对旗人的夫人行满洲礼，对她说一句"你好"。但最终我没有这样做，这或许对中野君来说是一种幸运。我们坐着的茶馆里，正中有一根大圆木，将男女隔开，断不可同席。带着女儿的父亲将孩子放在那侧，自己坐在这侧，隔着圆木给孩子喂点心。对此我感到佩服，同时一想，我若真对着旗人的夫人行了礼，恐怕会被治个破坏风俗罪，被警察给带走吧。

我将这些说给中野君听，中野君将杯中的玫瑰露一饮而尽，说："这确实值得惊讶。不是有环城铁路吗？就是火车在城墙外侧走。修那条铁路时，线路的一部分通过了城内，那就不能叫环城了，于是特意在那段城墙里又筑了一段新城墙。总之是非比寻常的形式主义。"

蝴蝶梦

受辻听花先生之邀，我与波多野君、松本君一起去听昆曲。京剧自上海以来已看过很多次，昆曲还是头一回。我们照例坐黄包车，穿过几条狭窄的小巷之后，终于来到一座名为"同乐茶园"的戏院。走进贴着红底金字的海报的古朴砖造大门，——虽说是走进了大门，但我们并未买票。原来在中国看戏，你只管大大方方地走进去便是，戏开始几分钟之后，会有戏院的杂役来收票钱。据波多野君解释，中国的逻辑是，在戏还未开始之前，观众还不知道是否好看，怎么就能收费呢。这对我们这些观众而言可真是个好制度。我们走进砖造大门，与其他戏院一样，看客们杂然坐在观众席上。不对，这里跟昨日看了梅兰芳和杨小楼的东安市场的吉祥茶楼自然是没得比，可是就是和前天看了余叔岩和尚小云的前门外的三庆园相比，也还是破旧许多。我们穿过人群，正要上二楼看台，见一醉态老人，发辫卷于玳瑁簪上，手持芭蕉扇，在那里徘徊。波多野君小声对我说："那老人是樊樊山①。"我对他肃然起敬，伫立在楼梯中间，久久注视着这位老诗人。恐怕当年的醉李白也是——我这么想着，看来，在我身上，还残存着几分跨越国界的文学青年的情感。

　　辻听花先生先于我们到了二楼。先生蓄着稀疏的须髯，着立领西装。先生是戏剧通中的戏剧通。很多中国的演员也拜他为师父，由此可见一斑。扬州的盐务官高洲太吉氏曾得意扬扬地说，外国人在扬州为官的，前有马可·波罗，后就是他高洲太吉。而外国人在北京能成为戏剧通的，空前绝后，只有这听花散人一人。我坐在先生右边，波多野君的左边（波多野君是《中国戏剧五百部》的作者）。虽然我今天没带《缀白裘》②，但起码也具备一知半解的条件了（后记：辻听花先生著有

---

① 樊樊山：即樊增祥（1846—1931），清代官员，文学家。
② 《缀白裘》：清代刊印的戏曲剧本选集，收录当时剧场经常演出的昆曲和花部乱弹的零折戏。

中文著作《中国戏剧》，由顺天时报社出版。我将离开北京时，听说先生还用日文写有《中国戏剧》，便请求先生赐予我原稿，经朝鲜带回东京后，我向两三家出版社推荐此书，然而出版社愚蠢，未接纳我的建议。然而愚人自有天惩，此书已由中国风物研究会出版。在此顺便广而告之）。

随即点燃香烟俯瞰，只见舞台正面拉着红色缎帐，前面有栏杆围着，这也与其他戏院无异。台上有一扮成猴子的演员。一边唱着什么，一边一圈一圈地转着手里的棍棒。看戏单上写着《火焰山》，这猴子自然不是一般的猴子，而是自我年少开始一直尊敬的齐天大圣孙悟空。悟空旁边是一个未着戏服也未上妆的壮汉。他挥舞着一个三尺有余的大蒲扇，不断给孙悟空送风。这肯定不是铁扇公主，我想会不会是牛魔王什么的，于是向波多野君打听。他告诉我这只是代替鼓风机给演员吹风的杂役。牛魔王已经战败，逃到后台去了。几分钟后，孙悟空也一个筋斗十万八千里退下。其实就是大步走到舞台出口下去。可惜我在感叹樊樊山时，错过了火焰山下的一场厮杀。

　　《火焰山》之后是《蝴蝶梦》。穿着道服在舞台上悠闲散步的，就是《蝴蝶梦》的主人公庄子。那个与庄子呢喃私语的大眼美人，应该就是这位哲学家的太太了。看到这里还是一目了然，可是时而在舞台上出现的两个童子到底是何象征，我就不了解了。"那是庄子的孩子吗？"于是我只好再次麻烦波多野君。他有些吃惊，说道："那个，那是两只蝴蝶。"无论用何种偏爱的眼光，都看不出这是蝴蝶。莫非它们是做了这六月天里飞蛾的化身？由于这部戏的梗概我事先已经知晓，所以在了解了出场人物之后，就不至于盲人摸象。不仅如此，这出戏，是我迄今为止看过的六十多出中国戏里最有意思的一出。说起这《蝴蝶梦》的故事梗概，庄子也如所有贤人一样，怀疑女子的真心，于是用道术装死，欲试探其夫人的贞操。夫人哀叹庄子之死，着丧服料理后事，有楚国公子前来凭吊。

　　"好！"

　　发此大声者，正是辻听花先生。我当然不是还没听习惯这叫"好"声，只是从未听过如先生这般有特色的"好"。大概古今能与之相媲美的，也就只有在长坂桥头横握丈八蛇矛的张飞的那一喝了。我惊讶地看着先生，先生指着对面，说："那里的牌子上写着不准怪声叫好。怪声是不行的。但像我这种'好'是没问题的。"伟大的阿纳托尔·法朗士①啊，你的印象批评论是真理。是否是怪声没有客观的标准。我们认为是怪声的，——关于这个择日再议，我们再回到《蝴蝶梦》上来，楚国公子前来凭吊，夫人马上迷恋上公子，而忘了庄子。不仅忘了庄子，公子突发疾病，当夫人得知喝了人的脑髓才可以免于一死时，她竟要挥斧破棺，取庄子的脑髓。然而公子就是蝴蝶变的，瞬间便飞去云天外了。夫人不仅未能再婚，还被阴险的庄子痛加责难一番。这真是一出为天下女子可怜万千的讽刺剧。——这么说好像我都能写剧评了，其实我连何为昆曲都分不清。只是觉得不如京剧那般华丽。波多野君热心地为我解释："梆子戏就是秦腔。"然而对我来说就是对牛弹

———————————————
① 阿纳托尔·法朗士（1844—1924）：法国作家，评论家。主张印象批评理论。

琴，真是悲哀啊。顺便在这里略记一下我看的这出《蝴蝶梦》的演员，庄妻——韩世昌，庄子——陶显庭，楚国公子——马凤彩，老蝴蝶——陈荣会。

看完《蝴蝶梦》后，向辻听花先生道了谢，我和波多野君、松本君一起又坐上了黄包车。新月悬于北京的上空，杂乱无章的街道上，新时代的女子挽着穿西装的绅士走过。如有必要，这些女子也一定会挥斧，不用斧头，只需用比斧头还锐利的笑容，便可立即取了丈夫的脑髓。我想着创作了《蝴蝶梦》的士人，想着古人的贞操观。在同乐园二楼看台的几个小时并没有白费。

名胜

　　万寿山。乘车去往万寿山，途中风光甚是可爱。然而万寿山的宫殿泉石，却足以见西太后品位之低俗。垂柳池边，有一丑陋的大理石画舫。而这却评价很高。石头做的船都能令人赞叹，那铁做的军舰岂不令人惊倒？

　　玉泉山。山上有一废塔。坐在塔下可俯瞰北京郊外。美景胜过万寿山。尤其是用这山泉制作的苏打水，比这景色更胜一筹。

　　白云观。洪太尉掘开石碣，放走一百零八魔君之处恐怕就在于此。灵官殿、玉皇殿、四御殿等，在槐树与合欢树之间，金碧辉煌。顺便看了眼葡萄架后的厨房，这也不是一般的厨房。写着"云厨宝鼎"的匾额左右，挂着一副金字对联，上书"勺水共饮蓬莱客，粒米同餐羽士家"。然道士们不敌时势，匆匆搬运煤块。

　　天宁寺。据说这寺里的塔是隋文帝所建。不过如今的塔是乾隆二十年翻修的。塔高十三层，绿瓦层叠、白色塔檐、红色塔壁，——说起来似乎漂亮，但实际荒废至极。寺已全毁，只剩紫燕纷飞。

松筠庵。这里是杨椒山的故宅。说是故宅似乎甚是风雅，不过如今却在邮局的小胡同里，门口放一个写着"君子自重"的小便壶，可真是一点儿都不风雅。庭院里铺着瓦片，还有堆积的岩石，庭院前是谏草亭。院里有许多玉簪花的盆栽。刻有椒山写的"铁肩担道义，辣手著文章"的石碑竟被用作灯台，很是滑稽。后生皆可畏。椒山，你可明白这句话的真意？

谢文节公祠。这位于外右四区警察署第一半日学校的门内。不过不知道谁是家主。薇香堂中放着谢叠山的木像。木像前放着锡纸和玻璃罩的灯笼。除此之外，只剩下满堂的尘埃。

窑台。有很多中国人在三门阁下午睡。放眼望去，全是芦苇。据中野君的解释，北京的苦力，一到酷暑时节就去别省打工，苦力的妻子就在这芦苇丛中私通。时价十五钱。

陶然亭。抬头可见写着"古刹慈悲净林"的匾额，不过这些都无关紧要。陶然亭的顶棚由竹子做成，窗户上铺着绿纱，印着卍字的拉窗向上推开，趣味盎然，简朴可爱。吃了著名的斋饭，鸟声频频从空中传来。我问男仆那是什么鸟，——他回答说，只要稍微听一下，就能知道那是杜鹃。

文天祥祠。位于京师府立第十八国民高等小学旁。堂内与木像并排，放着"宋丞相信国公文公之神位"的灵牌。这里也满是尘埃。堂前有一棵很大的榆树。若是杜少陵在的话，可能会作一首《老榆行》之类的诗。不过我是一句也作不出来的。英雄之死一次尚可，两次就未免太过凄惨，无法再引发诗兴了。

永安寺。这寺的善因殿被用作消防队的瞭望台。我衔着烟走上大殿，紫禁城的黄瓦，天宁寺的塔，美国的无线电杆等，全都尽收眼底。

北海。柳树、燕子、莲池，还有对面的黄瓦丹壁的大清皇帝用的小住宅。

天坛。地坛。先农坛。皆为巨大的大理石坛上杂草萋萋。天坛外的广场上传来一声枪响。问那是为何，答曰死刑。

紫禁城。这里只有梦魇，比黑夜还要庞大的梦魇。

杂信一束

一、欧洲式的汉口

水池里倒映着鲜艳的英国国旗。——哎呀，差点撞上黄包车了。

二、中国式的汉口

在彩票店和麻将铺之间，夕阳红彤彤地照着石子路。我独自走在街头，在遮阳帽的庇护下，感受着汉口的炎炎夏日，——暑气映篮筐，光照巴丹杏。

三、黄鹤楼

除了一座名为甘棠酒茶楼的红砖制茶馆，一座名为惟精显真楼的红砖制照相馆，——此外没什么可看的了。不过，眼前一排瓦房对面，就是暗红色的长江，江上浪花闪烁着白光。长江对面是大别山，山顶上有两三棵树，还有一座刷着白墙、不大的禹王庙。

我：鹦鹉洲呢？

宇都宫：左手边那个能看到的就是。不过如今已成了煞风景的木材堆积场。

四、古琴台

留着刘海的雏妓独自一人，摇着桃红色的扇子，倚着栏杆面朝月湖，眺望着阴天里的湖水——在稀疏的芦苇和莲花对面，那黑黢黢的阴天里的湖水。

五、洞庭湖

洞庭湖虽称为湖，却不是长年有水。除夏天以外，只是泥田里有一条水道而已。——像是专门为了证明这一点，有一棵长满枯枝的黑松，高出水面三尺来。

六、学校

参观长沙的天心第一女子师范学校及其附属高等小学。一个板着古今罕见的脸的年轻教师为我们带路。女学生们因为排日而不使用铅笔，桌上都摆着笔砚，来做几何和代数。我们想顺便参观一下学生宿舍，让给我们翻译的少年帮忙交涉，老师的脸绷得更紧了，说："恕难从命。几天前，这里刚刚发生过几个大兵闯进学生宿舍、欺辱女学生的事件！"

七、京汉铁路

总觉得卧铺车厢只是锁了门无法让人安心。把行李箱也放门前挡着好了。要是万一遇到了土匪，——等等。遇上土匪时，可以不付小费吗？

八、郑州

街头的大柳树枝上，吊着两根辫子。这两根辫子上就像穿着玻璃珠一样，爬满了苍蝇。已经腐烂掉落的犯人头颅，恐怕早已寻不到了。

九、洛阳

伊斯兰客栈的窗户，是古老的卍字形窗格，透过窗户可以看到柠檬色的天空。

大量麦尘飞舞的傍晚的天空。

麦尘漫天舞，童子正入眠。

十、龙门

泛着黑光的石壁上，至今能感受到恭敬拜佛的唐朝男女的端庄与秀丽！

十一、黄河

列举一下乘车经过黄河时我所用过的东西：茶两碗、枣六颗、前门牌香烟三根、卡莱尔的《法国革命史》两页半，除此之外，——我还杀死了苍蝇十一只！

十二、北京

合欢与槐树的大森林环绕着黄瓦的紫禁城。——是谁？竟然把这片森林说成都市！

十三、前门

我：呀，有飞机在飞。想不到你还挺时髦的嘛！

北京：哪里哪里，请看这前门。

十四、监狱

参观京师第二监狱。有一被判无期徒刑的犯人，在做玩具黄包车。

十五、万里长城

一睹居庸关、弹琴峡之后，开始登万里长城。一乞食童子，一路跟着我们，指着苍茫的山峦说："蒙古[1]！蒙古！"然而，不看地图也知道他在说谎。为了一枚铜钱，竟利用我们《十八史略》式的浪漫主义，让人佩服得五体投地。不过，看着开在城墙之间的火绒草，着实让我有了身临塞外之感。

十六、石佛寺

艺术能量的洪水之中，几朵石莲花发出欢喜的声音。仅听这声音，——就感觉在拼命。容我先喘一口气。

十七、天津

我：走在这西式街头，我莫名感到一种乡愁。

西村：您孩子还是一个人吗？

我：不，我不是说日本，我想回北京了。

---

[1] 此处应指内蒙古。

十八、奉天①

日暮时分，在停车场看到有四五十个日本人走过时，我也有点儿赞成黄祸论②了。

十九、南满铁路

高粱根上匍匐着的一只蜈蚣。

---

① 奉天：清代辽宁省旧称。
② 黄祸论：是成形于19世纪的一种极端民族主义理论。该理论宣扬黄种人对于白人是威胁，白人应当联合起来对付黄种人。19世纪末20世纪初，"黄祸论"甚嚣尘上，矛头指向中国和日本等国。此处用于表达对于日本军队祸乱奉天的不满。